すみせごの贄

澤村伊智

角川ホラー文庫
24102

目次

たなわれしょうき

一

車は広い空き地の隅で停まった。周りは林で、地面には砂利が敷き詰められている。車を降りると、七月の午後の強い日差しに顔を焼かれ、思わず眉根《まゆね》を寄せる。

ドアを閉めた瞬間、

「半ドアだよ」

冷たい声が飛んだ。運転席から出てきた細身の男性が、不機嫌そうにこちらを睨《にら》み付ける。僕は大急ぎでドアを閉め直した。

男性――野崎《のざき》さんは「ちょっと休憩する」と言うなり、その場で煙草を吸い始めた。道中の車内で吸えばよかったのに、と思ってすぐに気付く。タイミングを慎重に窺《うかが》って、僕は声をかけた。

「すみません」

「何が？」

「あれですよね、父さん……じゃない、父から聞いたんですよね。僕の気管支が弱くて、喘息《ぜんそく》ってほどじゃないけど……」

「ああ」

野崎さんはしかめっ面を僕に向けると、

「喫煙可の車を借りたんだがな」

あからさまな皮肉を言った。携帯灰皿で煙草を揉《も》み消すと、こっちも見ずに歩き出す。

やっぱり迷惑だったのか。胸の痛みを意識しないように、僕は彼の後を追った。

※　※

実は同級生にいじめられている。中学に入って九ヶ月間、ずっと。だから学校に行きたくない。

昨年末に勇気を振り絞って打ち明けると、両親はあっさりと学校を休ませてくれた。復学なんて考えなくていい。翔太《しょうた》は翔太の好きなことをしろ。父さんも母さんも笑顔で言ってくれた。ずっと浸《つ》かっていた泥から浮き上がったような、そんな感覚を抱いたのを覚えている。

でも、二人の反応は意外だった。父さんには絶対に怒られ、母さんには絶対に泣かれる。そう思っていたからだ。もちろん、理解してくれたのは有り難かったけれど。

かくして二〇一五年一月、中学一年の三学期から、僕は不登校になった。そしてそのまま二年生になった。

ネットもゲームも、本も映画も、すぐに退屈に感じられた。部屋で筋トレをするのにも飽きた。外に出たい。いろんな体験をしてみたい。でも出られない。マンションを出ることすら怖い。同級生と鉢合わせすることを想像すると、それだけで動悸《どうき》がして涙ぐんでしまう。これも正直に打ち明けたところ、父さんは少し考えて、「じゃあ、遠くに行くか」と言った。

最初に連れて行かれたのは、人里離れた山奥の渓流だった。父さんに教えられるがまま釣り糸を垂らし、暗くなるまで粘って帰った。釣果はゼロ。会話も少なかったけれど、不思議と胸のつかえが取れた気がした。

次の「遠く」は新宿《しんじゅく》にある、大きな印刷工場だった。本や雑誌がどういう行程で出来上がるのか、どれだけ大勢の力が集まって出来ているのか、この時初めて知った。

「子供の世界は狭い。まあ、子供の時は気付けないけどな」

帰り道。家の近くで父さんが言った。

「世界は広い。いろんな場所があっていろんな人がいる。それを知ってほしかったんだ。大人になったらそれを丸ごと楽しめるってことも。押し付けかもしれないけど……」

「今日は愉《たの》しかったよ」

僕は答えた。父さんは泣きそうな顔で笑った。

三度目の「遠く」は神保町《じんぼうちょう》にある、父さんの働く出版社「蒼龍書房《そうりゅう》」だった。父さんは『実話デッドリーフレンド』という雑誌の編集長だ。怪しい事件、不思議な出来事を扱う、コンビニで売っている雑誌。

父さんが事前に伝えていたのだろう。どの部署の人たちも穏やかで親切だった。

驚いたことに、編集部のフロアの隅には寝袋や布団がいくつも敷いてあって、何人もの人が寝ていた。仕事が詰まると会社に泊まって、昼夜関係なく働くらしい。父さんもたまに深夜に帰ってくるが、もっと忙しい人もいるのだ。

「おはよう、駄目な大人で申し訳ない」

寝袋から這《は》い出した仙人のような風貌《ふうぼう》のおじさん――「副編集長」という立場の人らしい――は、真っ黄色の歯を見せて笑った。

父さんのデスクの脇で「駄目な大人」たちの様子を窺っていると、父さんが一人の男性を呼び止めた。男性は副編集長との打ち合わせを済ませ、帰り支度をしている最中だった。

「野崎くん、今度の増刊の件で来たんだよね？　よろしく頼むよ」

「こちらこそ」

野崎と呼ばれた男性は、使い込んだバッグを肩に掛けた。

「どう最近？　ネットで大変みたいだけど」

「いえ。実害は特に」

「そっか、明保野《あけぼの》さんもアレだもんな。アケボノ党も実質解散だし……そうだ」

父さんは大きなオフィスチェアから立ち上がると、

「野崎くん、近々取材で地方行くんだよね？」

「ええ。来週月曜から滋賀に。一泊します」

「媒体は？　『月刊ブルシット』？」

「特にアテはありません」

「先行投資かあ。じゃあ自腹ってこと？」

「勿論《もちろん》」

　片頬だけで笑う。父さんは「お願いがあってさ」と前置きして、

「こいつ——息子の翔太を、その取材に同行させてもらえないかな？　ライターの仕事を見せてやってほしいんだ」

　と言った。突然のことに僕は何の反応もできない。父さんは僕に向き直ると、

「翔太、前に『ライターの仕事に興味がある』って言ってたよな。あと横溝正史《よこみぞせいし》とか、金田一《きんだいち》少年とか好きだろ？　だから地方取材に連れてってもらうといいと思って。いきなりですまない。でも行きたいんじゃないか？」

　真っ直ぐな目で僕を見つめた。僕は少し考えて答えた。

「行きたい」

　父さんは満足げな笑みを浮かべた。

「野崎くん。どうだろう？　こいつの費用は当然僕が出すし、お礼は出来る範囲でするよ」

野崎さんは冷ややかな目で僕を見ていたが、やがてふっと表情を弛《ゆる》めた。

「承知しました。スケジュールは稲葉《いなば》さん宛にメールすればいいですか?」

「うん。僕宛でよろしく」

「では失礼します」

慇懃《いんぎん》にお辞儀をして、くるりと踵《きびす》を返す。その背中に父さんが「あっごめん、野崎くん一個だけ」と声を掛ける。「前も訊《き》いた気がするけど、何を取材しに行くんだっけ?」

「たなわれしょうきの習俗ですよ」

野崎さんは露骨な作り笑いで答えると、説明もせずに出て行った。

※　※

野崎さん。フルネームは野崎昆《こん》。オカルト雑誌やオカルトサイトを中心に記事を執筆している、三十三歳のライターだ。「昆」はペンネームで、ノザキのコンビーフから取ったという。父さんと意気投合したのもそれが切っ掛けらしい。

「うちが稲葉姓だから、ですか」

「ああ。『俺も〝稲葉鯛鰈《たいかれー》〟ってペンネームで仕事しようかな』って言ってらしたよ。

実際、何冊かのムックにそれでクレジットされてる」

新幹線の隣の席で、野崎さんは小さく笑った。新横浜《しんよこはま》を過ぎた頃だったと思う。雑談らしい雑談をしたのはその時だけで、京都駅に着いた時も、レンタカーを運転中も、彼はほとんど喋《しゃべ》らなかった。僕もいつしか、場繋《ばつな》ぎで話しかけるのを止めていた。

無口なだけで穏やかな人かと思ったら、さっきは皮肉を言われた。悲しいことは悲しいが、不安の方が大きい。野崎さんがどういう人なのか摑《つか》めないまま、僕は彼の後を追った。

目的地である滋賀県T町は、三方を山に囲まれた小さな集落だった。琵琶湖《びわこ》は彼方《かなた》に、かすかに見えるだけで、視界にあるのは砂利に覆われた空き地と、何の変哲もない古い平屋ばかり。東京に比べて空がやけに広く感じられたが、そのせいで取り残されたような、突き放されたような感覚に陥る。住民らしき人は一人も歩いておらず、音らしい音といえば、僕と野崎さんが砂利を踏む音だけ。

静かだった。心がざわつくほど静けさに包まれていた。いつの間にか野崎さんが立ち止まっていた。点在する家々を眺め、スマホのカメラで写真を撮っている。僕は彼の背中に声をかけた。

「誰もいませんね」

「中で涼んでるんだろう。この暑さはお年寄りにはキツい」

「お年寄り……」

「こういう所は大抵過疎ってるんだよ」

野崎さんのもみ上げは、早くも汗に濡《ぬ》れていた。

「あのう、たなわれしょうき、って何ですか」

着いたら訊こうと思っていたことを訊く。父さんでさえ全く知らなかったし、ネットで調べてもかすりもしなかった。漢字も見当がつかない。

「ショウキは分かる？」

「え、いや、それも全然」

「これだよ」

野崎さんはスマホを差し出した。画面には銀色の像が映し出されていた。昔の中国か日本の服を着た、男性の像だ。羽根のようなものが付いた、角張った小さな帽子。豊かな髭《ひげ》、長い髪。太い両刃《もろは》の剣を携え、ぎろりと目を剝《む》き、憤怒《ふんぬ》の表情でこちらを睨《にら》み付けている。

「鍾馗《しょうき》の瓦《かわら》だ」野崎さんは言った。「こいつは中国の唐《とう》の時代、玄宗《げんそう》皇帝の夢に出てきた。病気で苦しんでいた皇帝が夢の中で鬼に襲われそうになったところを、こいつが現れて退治したんだ。そして自分の氏素性を名乗った。目が覚めた皇帝は快復していた。そこでお抱えの絵師にこいつの似姿を描かせて、それが名前とともに魔除《よ》けとして広まったらしい。日本でも室町《むろまち》時代にはある程度知られていたようだね。絵が残ってる」

今までとは打って変わって、饒舌《じょうぜつ》に語る。

「この写真みたいに瓦にして屋根に飾るようになったのは、江戸《えど》時代に入ってからだ。何でも、どこぞの商家で立派な鬼瓦を屋根に置いたら、向かいの家で災難が立て続けに起こったらしい。家主が識者に訊くと鬼瓦が原因じゃないかと言われる。鬼瓦が撥《は》ね返した邪気が、向かいの家に入り込むせいだって。だからといって鬼瓦を外せとは頼めない。そこで向かいの家は鍾馗の瓦を作り、屋根に飾ることにした。鬼瓦と同じくらい効きそうな瓦を作ったわけだ。こうしてお向かいの家では、二度と災難は起こらなくなりましたとさ。めでたし、めでたし」

抑揚をつけて話をまとめる。ユーモアのつもりなのか、それとも子供扱いしてからかっているのか。黙っていると、野崎さんは「京都だ」と唐突に言った。

「京都?」

「こいつを屋根に飾る風習は各地に残っている。有名なのは京都だが、もちろんそれだけじゃない。ほら」

近くの家の屋根を指差した。黒ずんだブロック塀の向こう、広い敷地の奥に、古い平屋が建っている。その屋根の真ん中辺りにスペースが設けられ、そこに高さ三、四十センチほどの、人の形をした灰色の像が立っている。

想像よりずっと小さくて細部は見えないが、スマホで見たものと輪郭や色が似ている。隣の家にも、その隣の家にもある。形は家によって微妙に違うらしい。でもどれも鍾馗だ。鍾馗の瓦だ。

「そっか、京都のすぐ隣ですもんね」

「ああ。京都と滋賀は地図で見た時の印象よりずっと近い。大津《おおつ》の人はわりと気軽に、京都駅あたりに遊びに行くそうだし」

　電車一本で十分足らずだからな、とつぶやく。僕の頭に東京近郊の路線図が浮かぶ。

「あの、埼玉県民にとっての池袋《いけぶくろ》みたいな」

「かもね」

「ここにも鍾馗が伝わってるんですか？」

「ああ。でもこの地方では〝たなわれしょうき〟と呼ばれている」

「たなわれって……」

「まだ分からない。でも、ここの鍾馗は京都のものと形が違うってことだけは分かった。これを」

　野崎さんは足元を指した。

　二メートル近い、苔生《こけむ》した門柱の手前に、鍾馗の像があった。これも高さは三十センチほど。古いせいかこちらにも苔が生え、色も質感も門柱そっくりだ。だから目に留まらなかったのか。

　野崎さんに倣って屈《かが》み、顔を近付ける。

　あ、と声が出た。同時に鳥肌が立った。

「妙だろ」

「はい」

　そう答えるのが精一杯だった。さりげない、でも異様な、ある部分の造形から目を逸《そ》らせなくなる。

苔生した鍾馗には、手が四本あった。

正確には、左右それぞれの手が、途中で服の袖《そで》ごと、二股《ふたまた》に分かれている。三本の指と二本の指。それ以外は古風な人がたなのに、手だけが漫画の異星人のようだ。

もう一本の門柱の手前にも、同じ形の鍾馗が置かれていた。隣の家の門柱にも。その隣の家にも。

日差しの暑さを感じなくなっていた。むしろ寒気がしていた。

「……空いた手はどれも、こちらに掌《てのひら》を向けてるな」

野崎さんが呻《うめ》くように言った。言われてみれば確かにそうだ。剣を持つ手以外は、まるで何も握っていないことを示すように、こちらに掌を見せている。

「臆測《おくそく》も臆測だけど……」

野崎さんが屈んだまま、顎《あご》に手を当てた。

「掌は〝たなごころ〟とも読む。〝たなわれ〟はひょっとして、掌を割り開くことに由来するんじゃないか。〝掌割れ〟とでも字を当てて」

「ってことは、こ、これ、手が四本あるんじゃなくて……」

「ああ。掌から肘《ひじ》まで割られた――裂かれたことを表してるのかも」

野崎さんはどこか愉《たの》しげに言った。

僕は恐れを抱いていた。鍾馗の瓦が不気味な、グロテスクなものに見えた。

「真面目な話、これがほんまの由来や、いうんは分からんのよ。諸説ありますっちゅうやつや」

「そうですか」

「せやいうても、さっきニイちゃんが言わはった〝掌割れ〟は有力や思うよ。わしも小ちゃい時分、そう教わったさけ」

禿《は》げ頭で日に焼けた老人は、カラカラと笑った。開いた口から一本だけ残った前歯が覗《のぞ》く。

二

T町の中央にある「山中瓦店《やまなか》」一階の、雑然とした事務所。現在は世界に一軒だけしか存在しない、たなわれしょうきの瓦も作る瓦屋だという。テーブルの向かいに座る一本歯の老人は、社長の山中さんだった。出入り口の古びたアルミのドアの明かり窓から、日の光が差し込んでいる。

野崎さんが事前に約束を取り付けていたらしく、二人で訪問するなりここに通され、奥さんらしい老婦人に麦茶を振る舞われた。麦茶はとても冷たく、掻《か》き曇っていた心はあらかた晴れ渡った。

野崎さんがICレコーダーの位置を調整して、

「では、その有力説の由来など、ご存じでしたらお聞かせ願えますか？　こんな名前なら伝説や昔話の一つや二つはありそうで、期待が高まりますが」

「昔話な。あるある。せやけどボクにはちょっと難しいかも分からんで」

山中老人は僕に微笑みかけた。僕は戸惑いながらも、「聞きたいです」と率直に言う。あんな奇怪な瓦を造形する——しなければならない謂《いわ》れとは、どんなものか。不気味に感じつつ興味を抱いてもいた。

「昔々、あるところに」

老人は冗談めかして話し始めた。

「若い男が住んどった。山間《やまあい》にある小っちゃい村の外れに、一人でな。男は誰にでも優しゅうて、野良《のら》仕事も真面目にやっとった。せやからみんなから好かれとった。で、そん中に村一番の別嬪《べっぴん》さんもおった。この子もよう働きよるし、誰にでも優しい。相性やろな、男と娘は自然とええ仲になった」

野崎さんは相槌《あいづち》を打ちながら、メモ帳にペンを走らせている。

「ところがや。それが気に入らんやつが一人おった。村一番の醜男《ぶおとこ》や。表向きは若い男と仲良うしとったけど、心の中では恨んどった。ぶち壊したろてあれこれ考えた。そんで醜男は近くの森に分け入って、目の覚めるような美女に化けよった」

「え？」

突然の展開に思わず訊《き》いてしまう。山中老人は「そう急《せ》かしなや」と笑って、

「不思議な力のある木の実の汁と、草の汁を顔に塗りたくったんや。そういう効き目があるんを選んだんやな。たしか池の主に教わったんとちゃうかな。なあ、おカアちゃん」

「そうそう。森の奥にある池の、女の神様に」

奥さんらしい老婦人がうなずく。

「不細工な男はな、池に願掛けして夢でお告げを聞くんよ。これこれこうしなさいって。嫉妬《しっと》深い不細工男の願いを、嫉妬深い女神様が聞いてあげたんや」

「せやせや……そんでな、ちょうどその頃、夜になったら畑がよう荒らされとってん。まあ実際はシカとかイノシシやろけど、美女に化けた醜男は、村の男らに耳打ちしよった。吹き込みよったんや。あれは若い男の仕業や。ええヤツやったのに、山の悪いもんが取り憑《つ》いておかしなった。このままやったら別嬪さんも危ないかもしれん……」

山中老人は麦茶で唇を湿らせると、

「闇討ちや。若い男は村の連中に寝込みを襲われた。滅多打ちや。元の顔も分からんくらい、ぼっこぼこにされた。せやけど一番えげつないんは手ぇや。両方の掌にこう鉈《なた》を打ち込んで、みんなで、せぇので指引っ張ってな。べりべりべりべり――て、生きたまま肘まで引き裂いたったんや。山の悪いもんを追い払うんや、いうてな」

身振りを交えて語る。その表情はどこか嬉《うれ》しそうだ。

一旦《いったん》収まったはずの冷や汗が、再び背中から滲《にじ》み出ていた。

「死体は池に沈められた。別嬪さんはなァんも知らんと、『危ないとこやった』『間一髪でみんなに助けてもろた』いうて、村の人らに感謝しとった。醜男は大喜びや」

ふう、と山中老人は息継ぎをした。

「それから毎日や。男殺すんに関わったやつが、次から次へと死によった。夕暮れに道で倒れてる。朝起きたら布団で冷たなってる。目ぇこんなに開いて、顎外れるくらい、クワーて口開けてな。でも一番はな……手ぇや。掌から肘まで、裂かれとったんや」

僕は息を潜めている。

「森に近い家から順に、一人ずつ。おんなじように死んでいった。池を探しても何も出てこんかった。骨一本も見つからん。お社建てて祀《まつ》っても一緒や。何もならん。旅の坊さんに頼んだら、翌朝森で死んどった。それまで死んだ奴らと同じ顔で、同じ手ぇでな。それがある日」

野崎さんは真剣な目で老人を見ている。

「別嬪さんの夢に、ぐしゃぐしゃになった若い男が出てきてな。そんで言うたんや。こんなにされて死んでも死にきれん。せやからわし、村のみんなを毎晩毎晩、迎えに行ってんねん。目ぇ潰《つぶ》れて何も見えん。鼻も折れて匂いも分からん。手当たり次第に捕まえて、掌割って連れてくんや。このままやといつかお前も連れてってまう。お願いや。日暮れには家に帰れ。そんで家の前やら屋根の上やらに、わしそっくりの鍾馗《しょうき》さんを飾っといてくれ。そしたらその家には入らんから。見えんでも嗅《か》げんでも、触れるもんやったら分かるから。こいつはもう掌割れてるわ、他所《よそ》行こって思うから……別嬪さんは父親に相談した。両手の割れた鍾馗さんの瓦《かわら》を作って、屋根と玄関に飾った。隣の家のもんが死んだ、その日の夕方のことやった」

ギリギリや、と老人は言った。

「別嬪さんは助かった。夢見てへん醜男は死んだ。それから鍾馗さんの瓦は村中に飾れるようになって、誰も死なんくなった。鍾馗さんはいつしか〝たなわれしょうき〟て呼ばれるようになって、今もみんなの家を守ってます――めでたし、めでたし」

それまでの迫力が徐々に消えていく。照れ臭そうに頭を掻く。

「いや、何や恥ずかしいわ。なんぼやってもよう喋《しゃべ》られへん」

「とんでもない。非常に味のある語りでした。内容も興味深い」

野崎さんが言い、僕は小刻みにうなずく。

「親御さんからお聞きになった？」

「いや、直接はお祖母《ばあ》ちゃんやな。おとんもおかんも知っとったはずやけど……」

取材は続く。元のインタビュー形式に戻っている。僕は心地よい疲労感を覚えていた。ただ聞いていただけなのに、ひとっ走りしてきたかのようだ。

恐ろしい昔話だった。残酷で差別的で理不尽だった。

結びの言葉に反して、オチは少しもめでたくない。若者は今なお浮かばれておらず、娘も真相を知らぬまま。たなわれしょうきは村にとっての災いを回避しただけで、若者と娘の悲劇は何一つ解決していない。

だが、それはそれで昔話らしい気もした。考えてみれば桃太郎《ももたろう》も浦島太郎《うらしまたろう》もそれ以外も、筋なんて全然通っていない。

怖い。でも面白い。違う、怖くて面白いのだ。川釣りよりも印刷会社よりも、ずっと。こんな気持ちになったのは初めてだった。

「――じゃあ、見せていただけますか？」

「ええよ」

よっこらしょ、と山中老人は立ち上がった。そうだ、瓦の製作風景を見せてもらえるのだ。これも楽しみだ。そう思って腰を浮かした瞬間、

「ちょっと頼まれてほしい」

野崎さんが言った。

「取材だ。T町の他の人にも、たなわれしょうきについて訊いてきて。できるだけ沢山の人に」

「え、でも、やり方は……」

「挨拶《あいさつ》とお礼はしっかり。まずはその二つ。メモは要らない」

バッグから別のICレコーダーを取り出し、差し出す。僕があたふたしていると、

「稲葉編集長からも、遠慮なくコキ使ってくれって言われてる。いちフリーライターに、出版社の偉いさんの注文を断る選択肢はないんだ。因果な商売だよ」

野崎さんは唇を歪《ゆが》めた。

「頑張りや。でも夕方までに帰ってこんと、えらい目に遭うで」

山中老人も笑う。僕はおそるおそるICレコーダーを受け取った。

太陽は分厚い雲に隠れ、外は来た時より涼しくなっていた。砂利《じゃり》道を歩くが人通りはない。気付けば空き地に戻っていた。乗ってきたレンタカー……日産のマーチが隅に見える。少し離れたところに軽トラが二台。その隣には古い型の原付が数台と、真新しいバイク。

野崎さんのことと、今の状況を考えていた。

やっぱりあの人のことは分からない。今の状況の意味も摑《つか》めない。僕は仕事を任されているのか、それともイジメられているのか。

心細くなっていた。家から遠く離れた滋賀の山奥に、一人取り残されている。駄目だ。こんなことでは駄目だ。人に話を聞くことくらい、できなくてどうする。

温《ぬる》い空気を吸い込んで、僕は歩き出した。

一人目の取材相手は、近くの家にいた老婆だった。木元初江《きもとはつえ》さん、七十二歳。こちらの素性を明かすと「こんな山奥までまあ」と梅干しのような顔に笑みを浮かべ、色々聞かせてくれた。木元家のたなわれしょうきの思い出話。山中老人から聞いたのとほぼ同じ昔話。訛《なま》りがきつくて聞き取れない箇所もいくつかあったけれど、概《おおむ》ね理解できた。レコーダーにも録《と》れていた。

「夕方までには家帰りや」

木元さんはそう言って僕を送り出した。

次に聞いたのは、道を歩いていたギョロ目の中年男性だった。前島政則《まえじままさのり》さん、五十歳。用事で親戚《しんせき》の家に来た帰りだという。僕が声をかけるとあたふたしていたが、取材をお願いすると「あー、あのオカルトライターさんのアレね」と一発で納得される。

「ご存じなんですか」

「そりゃそうさ」前島さんは無精髭《ぶしょうひげ》を撫《な》でた。「山中さんとこに取材申し込んだよね？ こんな狭くて何もないところ、一瞬で広まるって」

いかにも地方の集落らしい話だ。

「いやビックリしたわー、普段ここに子供なんていないから」

僕はいくつか質問を投げたが、前島さんは昔話を掻《か》い摘《つ》まんで話すと、「おおっと、時間切れだ」とその場を去った。相手の都合もあるのだ。当然のことなのに少し心が沈んだ。

続いては庭でぼんやりしていた老人に目を付けたが、煙草を吸っていたので断念した。三人目は小林朔吾郎《こばやしさくごろう》さん、八十歳。居間にまで上がらせてもらった。仏壇の側に飾られた小林家のたなわれしょうきは、高さが一メートル近くもあった。今はなきもう一軒の瓦店で作ってもらったという。話をするうち、小林老人は段々不機嫌になった。四角い顔が次第に赤くなった。

「山中んとこはカスや。客商売の仁義も守りよらんと、けたくそ悪い○▲※%……」

途中からあまりの早口と訛りで、全く聞き取れない。何とかその場をやり過ごし、何度もお礼を言って退散した。心臓が破裂しそうなほど鳴っていたが、不思議と身体は軽くなっていた。

四人目は児玉《こだま》さい子さん、八十一歳だった。五人目は鹿田《しかだ》末吉《すえきち》さん七十三歳、六人目はそのお母さんであるところのヨネさん九十七歳。七人目は、八人目は――

十二人から話を聞いたところで、全く人と出くわさなくなった。目に付くインターホンを端から鳴らしたが、誰も出ない。昼寝か、それとも留守か。いつの間にか午後五時半を回っていた。赤黒い雲が西の空を覆っていた。

疲れていることに気付いた。喉《のど》がカラカラで手足もだるい。当然だ。一人でこんなに行動したのは久々だし、赤の他人とこんなに話したのは初めてだ。

もう充分だろう。瓦店に戻って野崎さんに報告しよう。面白い発見もあった。

ほとんどの人は帰り際、「夕方までに家に帰れ」と言っていた。山中老人もそうだった。何人かに理由を聞いてみたところ、「普通の挨拶や」と同じ答えが返ってきたけれど、きっと昔話とリンクしている。これは収穫だ。野崎さんも喜ぶだろう。

そう考えながら歩いていると。

遠くに人影が見えた。ゆったりした服を着た、ひょろりと長い人影だ。車を停めた空き地から出てきて、道の真ん中で立ち止まる。じゃり、じゃり、とその場で砂利を蹴《け》るが、やがてそれも止める。

影はこっちを向いていた。暗くなっているせいもあり、また大きなフードを被《かぶ》っているらしく、顔は隠れて見えない。ということは服はロングコートか。

この暑いのに変だ。見ていると、影はゆらりと歩き出した。近くの家の前で立ち止まると、ぎこちなく屈《かが》む。ぎぎぎ、と音が聞こえるようだった。長い袖《そで》で隠すようにして、影は塀を撫で始めた。顔を背け、手だけで確かめるように。抱きしめるように。あの塀のあるところには、確か——

瞬間、ぞわりと総毛立った。次いで胃が持ち上がる。

あそこの家の塀にはたしか、たなわれしょうきがいくつか飾ってあった。それを撫でているのだ。あの影は、瓦《かわら》を触って確かめているのだ。

目が潰《つぶ》れて見えないから、鼻も折れて嗅《か》げないから。

襲っていい家といけない家を見分けるために。

ずるずる、ぺたぺたと影が瓦を触る音が、ここまで聞こえた気がした。

道は危険だ。

ここは外だ。家の中ではない。たなわれしょうきは守ってくれないのだ。

逃げたい。なのに動けなかった。逃げたい。なのに目を凝らして、影の動作を見守っている。逃げなければ。影が大儀そうに立ち上がる。逃げなければ。じゃりじゃりと歩いている。影が立ち止まった。突っ立ったまま僕を見ていた。明らかに僕に気付いている。息が苦しい。息ができない。影は棒立ちで僕を見つめている。逃げなければ。

ぬっ、と影が動いた。

じゃりっと背後で音がして、僕は跳び上がった。尻餅《しりもち》を搗《つ》いた。

「どうしたの」

野崎さんが不思議そうに僕を見下ろしていた。

「あ……あれ、あそこに」

指差してすぐ、「え？」と声が出ていた。

影は姿を消していた。道と砂利と塀と家々と、赤黒い雲があるばかりだった。

「どうしたの」

野崎さんに再び訊《たず》ねられて、僕は今見たものを説明した。言葉にすると不意に冷静になった。恥ずかしくなった。こんな話、大人が聞いてくれるはずもない。きっと見間違いだ。そうに決まってる――

「ふむ」

顎《あご》を撫でると、野崎さんは影のいた方を見た。表情は真剣だった。笑う様子は微塵《みじん》もない。

「偶然か？　いや……」

ぼそぼそとつぶやく。

「どうかしたんですか」

「実は、マズいことになっててね」

「え？」

野崎さんは溜息《ためいき》を吐いて、

「来る途中でS字カーブ上っただろ？　あそこで木が何本も倒れて、通れなくなってるらしい。要は下山できないんだ」

と言った。

三

倒木の撤去は一向に進まないらしく、僕たちはT町に取り残された。野崎さんは街のビジネスホテルを予約していたが、キャンセルせざるを得なかった。

困っている野崎さんと僕に手を差し伸べてくれたのは、山中老人とその奥さんだった。食べきれないほどの食事を振る舞ってくれただけでなく、泊まっていけという。

「事務所しかないけど、ええかな？　インタビューしたソファで寝たらええわ。掛け布団持ってきたるし」

「本当にいいんですか」と野崎さん。

「ええよええよ。おもてなしせなあかんて思てたところでな。こんな山奥までわざわざ」

「そんな」

「ほんま感謝しとるんよ。でも、たなわれしょうきの何がそんなおもろいんか、実はよう分からへんけどな。全国どこにでもあるもんや思てたさけ、こんな次から次へと若い人らが……」

「お風呂《ふろ》もどうぞ」

長話になりそうなのを、奥さんがさりげなく遮った。

ご厚意に甘えて風呂に入らせてもらい、事務所に戻ると、野崎さんがスマホから顔を上げた。すぐに立ち上がる。

「山中さん夫婦はもうお休みだよ。お年寄りは早いね。じゃあ、おやすみ」

アルミのドアに手をかける。

「あの、ここで寝ないんですか」

「家では一人で寝ないの？」

「いえ……でも野崎さん、ここじゃなきゃどこで」

「車。最初からそのつもりだよ。ビジネスホテルだって、君が泊まる用のシングルを一部屋取ってただけだし」

無駄になったけどね、と鼻を鳴らし、野崎さんは事務所を出て行った。僕はデスクライトだけ点《つ》けて、ソファに横たわって靴を脱ぎ、布団を被る。

心細いと思ったのは最初だけだった。スマホを握る手に、力が入らない。頭の回転がどんどん遅くなっていく。何かを怖いと思っていたが、その理由を考える余力もない。

こんなに疲れたのはいつ以来だろう。辛《つら》いとは感じない。むしろ心地よい。取材が決まった時は不安だったけれど、今は来てよかったと——

ぎいっ、と軋《きし》む音がして、僕は目を覚ました。自分がどこにいるか分からず、やっとのことで思い出す。

デスクライトの光が事務所の隅だけを照らし、それ以外は暗い。書類の山や棚、積まれた段ボール箱の影が、ぼんやり見える。目を凝らしてすぐ、全身の筋肉が縮こまった。

ドアが開いていた。

銀色の、質素なアルミのドアが半分ほど、外に開いている。

じりじり、と砂利《じゃり》を踏む音とともに、何かが入ってきた。ここへ来てようやく、戸締まりをしていなかったことを思い出した。

ゆらり、とそれが動いた瞬間、僕は布団を頭から被った。息を限界まで殺し、固く目を閉じる。

あの影だ。

はっきりとは見ていないが、夕暮れに遠くにいた、あの影にそっくりだった。そうとしか思えなかった。

ぱさ、紙の擦れる音がする。衣擦《きぬず》れの音も。微《かす》かな足音も。ぎこちない。不自然だ。まっすぐ歩いていないように聞こえる。

気配は遠ざかり、近付く。また遠ざかり、また近付く。事務所を歩き回っている。腋《わき》の下が冷や汗で濡《ぬ》れていた。山中老人の昔話が思い出された。考えるな、思い出すな。だが意識すればするほど、老人の声はますます大きく頭の中に響き渡る。

（闇討ちや。滅多打ちや）

気配がまた遠ざかる。

（一番えげつないんは手ぇや。両方の掌《てのひら》にこう鉈《なた》を打ち込んで、みんなで、せぇので指引っ張ってな。べりべりべりべり――死体は池に沈められた）

作り話に決まっている。

（それから毎日や）

ただの昔話だ。

（目ぇこんなに開いて、顎外れるくらい、クワーて口開けてな）

じりり、と足音がした。少しずつ少しずつ、こちらに近付いてくる。僕は完全に息を止め、全身に力を込めた。

（手ぇや。掌から肘《ひじ》まで、裂かれとったんや）

いるわけがない。村人に惨殺された、名もなき若者なんて実在しない。掌を割られて裂かれた男なんか。夜な夜なさまよい歩いて、人々の寝込みを襲ったりなどしない。自分がされたのと同じように、人々の手を割ったりも。

でも僕は見てしまった。つい数時間前に、この目で。

今は音を聞き、気配を感じている。ドアを開けて入ってきた、物言わぬ影の。それはすぐ近くに迫っていた。ソファの側に立っている。布団越しでも分かる。見えない目で僕を見下ろしている。

衣擦れの音がした。

鼓動が激しく鳴り響く。心臓が咽《のど》から飛び出しそうだ。

すううう……

今の音は何だ。僕の声ではない。

すううう……

囁《ささや》き声か。まともに話せないのか。話せなくなるほど痛めつけられたのか。

じりっ
また少し近付いた。いや、本当はもっと近付いているのかもしれない。この布団のすぐ向こうに、体を目一杯屈《かが》めて、潰《つぶ》れた顔を寄せて――

不気味な想像を振り払おうとしたその時、布団越しに胸を摑《つか》まれた。

時間が凍り付いた。

食い縛った歯の間から、ウウ、と押し殺した悲鳴が漏れた。

頭が勝手に思い浮かべていた。自分の胸ぐらを摑むその指の、変わり果てた形を。剝《は》がれた爪を。傷だらけの肌を。割れて裂けた腕から滴る血を。

殺される。きっと助からない。

固く閉じた目の端から、涙が零《こぼ》れるのを感じた、次の瞬間。

「誰だ？」

鋭い声がした。出入り口の方からだった。

それが僕から手を離した。ふっ、と気配が遠ざかる。床を踏む音が素早く玄関に向かう。ドスン、と大きな音がした。すぐに別の音が。またすぐ別の音が。

これは争う音だ。ドアの辺りで、それと誰かが揉《も》み合いになっている。激しく乱れる心を抑え付けて、僕は布団の下に身を隠し続けた。ひたすら耳をそばだたせ、様子を窺《うかが》った。

一際大きな音がして、事務所全体が震えた。ドアが激しく開け閉めされる。

静寂が訪れた。ただし全くの無音ではない。僕の息が聞こえるのは勿論《もちろん》だが、それ以外にも音が聞こえる。

「ちっ……」

舌打ちだ。同じ方向から呻《うめ》き声が続く。そして、

「……翔太くん。稲葉翔太くん」

声が僕を呼んだ。か細く苦しげだが、聞き覚えのある声だった。僕は布団をそっと除《の》けて、暗い中に目を凝らした。

事務所は散らかっていたが、想像したほどではなかった。デスクの位置がずれ、床に書類が落ちている程度だ。デスクライトがちょうどドアの辺りを照らしている。

野崎さんがうつ伏せで倒れていた。

頭を少しだけ上げ、苦悶《くもん》の表情でこちらを見ていた。

「翔太くん、大丈夫か……？」

野崎さん、と呼ぼうとしたが、声が出なかった。僕は夢中で彼に走り寄った。

「本当にいるのかもな」

蛍光灯の下で鞄《かばん》を検《あらた》め、ノートパソコンの無事を確かめると、野崎さんは溜息《ためいき》まじりに言った。唇を少し切っているが、血は止まっている。言葉の意味がゆっくりと頭に届き、僕は「え？」と声を上げた。

「翔太くんは二回見たんだろ？　夕方に表で、それとついさっき、ここで」

「ええ。でも、でもそんな馬鹿みたいなこと」

「あるんだよ。ごく稀《まれ》にあるし、ごく稀にいるんだ。勿論、この手の話が全部そうだなんて馬鹿げたことは思ってないけど……」

顔をしかめる。あの影と揉み合っている時に、顔と左肩を殴られたという。

散らかった事務所を二人で片付けて、ソファに向かい合って腰を下ろす。幸いなことに山中夫婦は騒ぎに気付かなかったらしい。しばらくの間、僕たちはぼんやりとソファに身体を預けていた。

改めて恐ろしくなっていた。沈黙さえも怖くなっていた。ドアの鍵《かぎ》は閉めたし、電気も点《つ》いているのに怖い。黙っているとおかしくなってしまいそうだ。あの影がまた来る。今度こそ野崎さんも、僕も——

「信じられません」

　妄想に飲み込まれないように、僕は言った。

「見たし、胸ぐらを摑まれたりもしたし、野崎さんは殴られて怪我もしたけど、そんな、村人に殺された若者の幽霊が、今もずっと村を……」

「いや、そこは俺も信じてないよ」

「え？」

「この地に人間じゃない何かがいるかも、とは考えてるけど、そいつが山中さんの昔話に出てきた若者の幽霊で、昔話どおりの理由でこの地に留《とど》まってるとは考えていない。そもそもあの手の話が事実をそのまま伝えている訳がないし」

「…………」

「勿論、単なる泥棒か何かって可能性も普通にある。変質者かもしれない。こんな山奥にって疑問はあるけど、バケモノよりは有り得るさ」

「そう、ですね」

「翔太くんが夕方に見たのも幻覚——と言うと大袈裟《おおげさ》だな。白昼夢の類《たぐい》かもしれない。疲れて朦朧《もうろう》としてたとか」

「ある、かもしれません」

夕暮れの疲労感を思い出す。

「人間の仕業なら施錠して電気を点けて、二人でいるだけで対策になり得る。疲れている所為《せい》なら休むことだ。バケモノの仕業なら——そうだな、とりあえず、たなわれしょうきをちゃんと立たせておくか」

「え？」

「戻ってきた時に見たよ。この家の門のところにあった、たなわれしょうきが倒れていた。そのせいでここに入れたのかもしれない。直してくる」

ソファから立ち上がって表に出て、すぐに戻ってくる。

「一つ一つ、やれる対策をやっとくだけさ。原因が何であろうと」

ふうう、と大きな溜息を吐いて、ソファに凭《もた》れた。

野崎さんと話したことで、僕は少し落ち着きを取り戻していた。彼の言動に支えられていた。非科学的なことを信じているのに理屈っぽく、でも理屈一辺倒ではなく血が通っている、野崎さんの言動に。

「……ありがとうございます。助けてくれて。違う、助けてくださって」

お礼を言うには遅すぎるが、言わずにはいられなかった。野崎さんは答えず、黙ってドアの方を見ていた。何気なく壁の時計を確かめて、僕は目を瞠《みは》る。時刻は午前二時。日付が変わっているとは思ってもみなかった。途端に違和感が湧く。

「野崎さん、どうしてこんな時間に？」

彼は口をへの字にして考え込んでいたが、やがて居住まいを正して言った。

「謝ろうと思って」

「え？」

「ほら、ここに来た時、喫煙可の車なのにとか、翔太くんにイヤミなこと言ったろ。ニコチンが切れてイライラしてたから……いや、これは言い訳だな。謝るよ。申し訳ない」

野崎さんは頭を下げた。

全く予想外のことに、僕はしばらく呆気《あっけ》にとられていた。

「ずっとそれ、気にしてたんですか」

「ああ」

「で、この時間に」

「起きてたらめっけものだと思ってね。枕が替わったら眠れなくなるタイプのような気もしたし……」

バツが悪そうに髪を掻《か》き上げる。

悪い人ではなかった。むしろいい人だ。それと同じくらい変わった人ではあるけれど。

緊張がゆっくりと解《ほぐ》れ、自然に笑みが零れた。

「気にしないでください。それより、怪我は大丈夫ですか」

「ああ。痛みはほとんどない。腕も問題なく動く」

「これ、記事にするんですか。いるかもって」

「取材の成果次第だな。昔話ももっと調べたいし」

「昔話、残酷でしたね」

「ああ。でも興味深い点は他にもいくつかある。個人的に気になるのは夢だ」

「夢？」

「二つの夢が登場するだろ。まず醜男《ぶおとこ》が池の神様に、夢で美女に化ける方法を教わる。それから美人の娘の夢に若者が出てきて、死にたくなければたなわれしょうきの瓦《かわら》を作れと告げる。鍾馗《しょうき》のルーツを覚えてるかな。玄宗皇帝の夢に現れたって話」

「ええ」

ここに来たばかりの時に、野崎さんから聞いた。

「本家でも重要な要素だった夢が、二回も出てくる。話の筋は全然違うけど、強い結びつきを感じる。ここの昔話は由緒正しい気がするんだ」

野崎さんは顎《あご》を撫《な》でた。僕は素人考えを承知で口を挟む。

「でも、夢で解決策を教わるって、ちょっと安直ですよね、昔話」

「いや。むしろ正統だよ」野崎さんは言った。「昔のアジア圏の感覚だと、夢は神仏や天、死者や悪鬼なんかと遣《や》り取りできる唯一の場だった。乱暴に喩《たと》えるとね──夢という通話・翻訳アプリを立ち上げないと、人でない存在の言葉なんて絶対に受け取れないし、理解もできない。そういう考え方が浸透していたんだ。勿論、全部の夢にその理屈を当てはめていたわけじゃないけど……まあでも、昔の人の感覚だと霊や神様の声が普通に聞こえる現代の霊能者なんて、低レベルな詐欺師にしか見えないだろうね」

「そうなんですか……詳しいですね」

「全然。若い頃、とあるバケモノについて調べた時に、たまたま得た知識さ」

「他はどの辺が気になりますか、昔話」

「そうだな、あとは——」

野崎さんは静かに、でも熱っぽく、昔話について語った。影に襲われた恐怖は少しずつ、確実に小さくなっていった。僕は彼の話を夢中になって聞いていた。

と、思ったらソファで目を覚ました。

明かり取りの窓とブラインドの隙間から、弱々しい朝の光が差し込んでいた。天気はあまり良くないらしいが、清々《すがすが》しい空気が部屋に満ちていた。深夜の出来事が嘘のようだった。それこそ夢でも見ていたのでは。

野崎さんがすぐ目の前で、ノートパソコンを覗《のぞ》き込んでいた。イヤホンで何か聞いている。僕に気付いて「おはよう」と片方のイヤホンを外す。

「おはようございます……仕事ですか」

「ああ。昨日の翔太くんの仕事をチェックしてる」

「ちゃんと録《と》れてます？」

「全く問題ない」

「今日はどういうスケジュールですか」

「道が復旧したらの話だけど、夕方五時には京都駅に着いておきたいな。だから逆算すると十時くらいまでここの人の話を聞く。それから街に出て、まずは――」

そこで言葉を切った。野崎さんの顔に驚きと、困惑の表情が浮かぶ。どうしたんですか、と聞いても答えない。不意にキーボードを叩《たた》き、少ししてまた叩く。

「ど、どうしたんですか」

「いや……」

野崎さんはディスプレイを睨《にら》みつけて考え込んでいたが、やがて勢いよくイヤホンを外した。スマホを摑《つか》み、物凄《ものすご》い勢いで操作する。ややあって、彼は液晶画面をこちらに向けた。

「この人は誰？」

画面に映っていたのは、無精髭《ぶしょうひげ》の中年男性だった。ライダースジャケットを着て、大きな目をこちらに向けている。あの人だ。でも、どうしてあの人の写真を、野崎さんが。

どういうことか分からないながらも、僕は答えた。

「前島さん、です。前島政則さん。取材で昔話を聞かせてくれました」

「なるほど……馬鹿馬鹿しい」

野崎さんの顔が歪《ゆが》んだ。歯を食い縛っていた。明らかに怒っている。てきぱきと荷物をまとめ始めた彼を、僕は戸惑いながら見つめていた。

起きてきた山中老人に、野崎さんは「途中まで山を下りてみます。復旧してたらそのまま帰るかもしれない。本当にありがとうございました」と言った。予想はしていたものの、僕は呆気に取られてしまう。さっきと話が全然違っている。山中老人も「えらい急やな」と苦笑いしていた。

四

事務所を出た野崎さんは早足で空き地に向かった。どうしてそんなに急ぐのか。どうして予定を変えたのか。訊《き》きたくはあったけれど彼の表情はあまりにも真剣で、声をかけるのは躊躇《ためら》われた。

シートベルトを締めるのももどかしそうにして、野崎さんはアクセルを踏んだ。車を走らせても一向に、話しかけていい雰囲気にはならなかった。来た時よりも野崎さんの運転は乱暴で、ドアの上の手摺《てす》りを持たないと耐えられないほどだった。

そのまま十五分ほど走っただろうか。カーブを曲がると大きな倒木と、やけに鮮やかな茶色の土砂が、思い切り道を塞《ふさ》いでいた。その向こうでは作業服を来た人たちが集まっている。撤去作業が進んでいる風には見えなかった。夜の間は休んでいたのだろうか。倒木の手前にバイクが停めてあった。空き地に駐輪してあった、新しいバイクだ。その隣で持ち主らしき男性がフルフェイスのヘルメットを片手に、苛立《いらだ》たしげに煙草を吸っていた。前島政則さんだ。たまたま親戚《しんせき》の家に来ていた、T町在住でない中年男性。

車を降りた野崎さんは真っ直ぐ彼のもとに向かう。状況を聞くのだろうか。僕はとりあえず野崎さんに付いていく。振り返った前島さんがぎょっと目を瞠《みは》った。

「ご無沙汰《ぶさた》してます」

野崎さんはやけに明るい口調で、

「こんな山奥まで来て闇討ちしようとしてミスって、おまけにズラかるのにも失敗とは。堕《お》ちるとこまで堕ちたもんですね」

と言った。

前島さんの顔がみるみる紅潮した。飛び出しそうなほど目を見開いている。二人は鼻がぶつかりそうなほどの距離で睨み合った。

「とりあえず、彼に謝ってもらえませんかね」

野崎さんがこれまた明朗に言う。前島さんがフッと強気な笑みを浮かべた。

「あのねえ野崎くん、いきなり訳の分からないこと言って、おまけに謝れってどういうこと？　言いがかりもいいとこだよ。俺は偶々《たまたま》取材で来ただけだよ？」

「偶然ねえ」

「あのう」

僕はしどろもどろになりながらも、口を挟んだ。

「野崎さん、これって」

「ああ」野崎さんは僕を一瞥《いちべつ》して、「この人は前島なんて名前じゃない。明保野悠馬《ゆうま》って名義でオカルト系の原稿書いてるライター、俺の同業者だよ」

「先輩、だろ？」

「そうでしたっけね」

二人は更に顔を近付けた。作業員たちが不思議そうにこちらを見ている。

次に口を開いたのは野崎さんだった。

「もう一度言いますよ。この少年に謝ってください。寝込みを襲って、怪我をさせようとして悪かったと。そうすれば俺のことは不問にします」

「えっ」

「だから何の話だって訊いてるんだよ」

「さもないと大事にしますよ。山中邸への不法侵入、俺への暴行、彼への暴行未遂だ。現場には指紋が残ってるだろうし」

前島さん——を名乗っていた男性は歯を剝《む》いて怒りを露《あら》わにしたが、やがて大きく舌打ちした。落とした煙草を乱暴に踏み付けて消し、わざとらしい深呼吸を二度繰り返して、僕に向き直る。

「申し訳ない」

ふてくされた表情で言って、ヘルメットを被《かぶ》った。バイクにもたれ、そっぽを向く。話はお終《しま》い、ということだろうか。

野崎さんは嫌悪の眼差《まなざ》しでその様子を見ていたが、やがて「どうも」と声をかけた。

「野崎さん」

「放置して悪かった。謝られても意味不明だろうね」

「ええ、正直、全然分からない」

「あれでも頑張った方だろうな。シラを切り通すだろうと予測してたんだが……ちょっとはマシになったのか」

野崎さんは路肩に停めてあるレンタカーに戻ると、「説明するよ。どうぞ」と、後部座席のドアを開けた。

バッグの底から小さな黄色く細長いものを拾い上げると、野崎さんは「あった」とつぶやいた。包装を剝《は》がすと、透明なキャップが付いた、プラスチック製の煙草のようなものが現れる。僕の視線に気付き、彼は「すまない。禁煙パイポだよ」と言った。ただ柑橘《かんきつ》系の味がするだけで、煙は一切出ないらしい。

「待たせて悪い」

野崎さんは禁煙パイポを数口吸って、

「翔太くんの録ってくれた〝前島政則さん〟の証言を聞いた時、妙だと思ったんだ。俺のことをオカルトライターと呼んでいた」

「それは……山中さんから聞いたんじゃないですか」

「俺は事前にライターとしか伝えてないよ。昨日渡した名刺も、名前と連絡先しか書いていないタイプだ。載せるアテもないから、オカルト誌の取材だとも言ってない。単にこの地方の文化、たなわれしょうきについて話を聞かせてくれって頼んだだけだよ。こういう時にわざわざ胡散臭《うさんくさ》い、怪しまれそうな肩書きを自称する人間はいない」

そういうものなのか。

理解できなくはなかった。オカルトライターなる肩書きの人間からいきなり取材依頼が来たら、大抵の人は怪しむだろう。

「あと、山中老人の話しぶりからするに、この地にはここ最近、俺以外も取材に来ているようだった。それで考えたんだ。俺のことを知る人間が、取材という名目で先回りして来たんじゃないかってね」

「それが、あの人なんですか」

「ああ」

野崎さんはまた禁煙パイポを吸った。

「さっきも言ったけど、あの人――明保野悠馬さんは俺の同業者だ。十五年ほど先輩にあたるのかな。大御所とまでは言わないけど、まあ名前で本が出せるくらい、実績も知名度もある人だ。いや……あった人、かな」

「明保野、悠馬さん」

字面に見覚えがあるような気がする。

「ひと頃は一大勢力を築いてた。あの人に嫌われたらこの世界じゃ食っていけない、逆に気に入られたら仕事を回してもらえる、みたいなね。弟子を自称するライターや編集者もいたよ。要は派閥だ。アケボノ党なんて言い方もあった」

「アケボノ党」

「結果、いろいろトラブルが起こってね。飲み会で駆け出しライターに無理矢理飲ませて病院送りにしたり、あの人が敵認定している同業者が新刊を出したら、弟子たちが通販サイトに酷評レビューを大量投稿したり。後者に至っては弟子の一人が、ネットで自分で吹聴《ふいちょう》したんだよ。さも正しいことをしてるみたいにさ」

「……この業界って、そんな感じなんですか」

僕は率直に訊《たず》ねた。意外も意外だった。父さんの働いている世界に、そんな馬鹿げたことが起こっていたなんて。

「どこだって似たようなものだよ」

野崎さんは禁煙パイポを噛《か》んだ。

「五年くらい前かな、あの人とその一派に苦しめられてきた人たちが、ネットで次々に告発してね。最初は大して話題にならなかったけど、人気の双子霊感アイドルが声を上げたら、一気に燃え広がった。長南《おさなみ》シンと長南スィって知らない？」

「いえ」

「まあ、世間的にはそんなもんだろうな」

ハンドルに手を置き、遠くを見つめる。

「で、あの人の時代は終わった。もうずっと本を出してない。といっても起用し続けてる媒体は少なからずあるし、しぶとく生き残ってらっしゃるよ。やたら攻撃的なのも相変わらずだ。いや――最近はもっと露骨になってる」

「攻撃……」

「とあるムックに俺が記事を五本寄稿したのが、お気に召さなかったらしい。あの人は一本だけだった。ネットじゃ毎日のように俺のことをボロクソ書いてらっしゃるから、見てみるといいよ。こんな罵倒《ばとう》語があるのかって勉強になる」

編集部での、父さんと野崎さんの会話を思い出していた。

いつの間にか、心が澱《よど》んでいた。まだ登校していた頃の、泥の中にいるような感覚が全身に広がる。無意識に両拳《こぶし》を握り締めていた。

「それじゃ気が済まなかった、ってことだろうな。今回の件は」

野崎さんは禁煙パイポを口から離すと、ゆっくり振り返った。

「夜中に事務所に現れて、俺と取っ組み合いになったのはあの人だよ。標的は翔太くんで、目的は俺を消すこと。老舗《しにせ》雑誌の編集長のご子息が取材先で大怪我したら、当然俺の責任になるからね」

膝《ひざ》の上で拳が震えていた。

泣きたくないのに涙が溢《あふ》れ、手の甲に滴る。

「すまない」

野崎さんが詫《わ》びた。

「大人の下らない揉《も》め事に、翔太くんを巻き込んでしまった。君を危険に晒《さら》したのは俺だ。俺がスルーせずにいれば、こんなことには……」

「ほんとですね」

僕は言った。

「下らないです。子供と一緒だ。もっと、ちゃんとしてると思ってました」

父さんの言葉が脳裏をよぎる。世界は広い、いろんな人がいる。大人になったら丸ごと楽しめる——そのどれもが今は薄っぺらに感じられた。

悲しみとともに気付く。考えたくないことを考えてしまう。

あの人——明保野さんがここに来たのは、僕が野崎さんの取材に同行すると知ったからだ。

『実話デッドリーフレンド』編集部の誰かが、明保野さんに伝えたのかもしれない。彼の密《ひそ》かな弟子が。

和やかだった編集部の印象が、途端に陰険なものに変わる。

下らない。本当に下らない。

学校からも家からも遠く離れた所で、知らない人とたくさん話した。恐ろしい思いもしたけれど、面白い人とも出会えた。面白い話も聞けた。常識では計り知れない何かがある。何かがいる。その可能性に思いを馳《は》せて、胸が躍った。ちっぽけな世界を抜け出せた。広い世界を垣間《かいま》見ることができた。いずれそこに行けるだろう。そう思っていたのに。

「すまないね」

野崎さんがまた詫びた。この何分かで少し痩《や》せたように見えた。

おお、と外から歓声が上がった。いつの間にか、倒木と土が脇に除《の》けられている。明保野悠馬がクラクションを鳴らしてバイクを走らせ、強引に道を通り抜けた。作業員たちが次々に怒号を上げる。

バイクはすぐにカーブを曲がって、見えなくなった。

帰宅したのはその日の午後だった。両親には山中老人に親切にしてもらったことを伝え、「楽しかった」とまとめた。二人とも嬉《うれ》しそうにしていた。

夏休み前に三日だけ、学校に通った。少し緊張したけれど、苦痛は感じなかった。どうして行く気になったのか、自分でもよく分からない。でも以前よりは楽になっていた。ひょっとして諦《あきら》めが付いたのかもしれない。覚悟ができたのかもしれない。

子供の世界も大人の世界も、所詮《しょせん》こんなものだと。

ては いけない。

その一方で、いい人も確実にいる。世界は下らないけど、悲観するほどでもない。し
あれ以来、野崎さんとは時折、チャットで遣《や》り取りするようになった。話題は読んだ本や面白いネット記事が中心だ。野崎さんの記事の感想を伝えることも多い。ライターになりたいとは思わないけれど、野崎さんのような大人になりたい。

そう考えるようになっていた、八月下旬のある日。

夕方に父さんが帰ってきて、喪服に着替えるなりまた出かけていった。母さんに聞いても要領を得ず、仕事で付き合いのある人が亡くなったらしい、としか分からない。

ふと思い立って、野崎さんにチャットで訊ねた。スマホに電話がかかってきたのは、十五分ほど経った頃だった。

「明保野さんが亡くなった。でも妙なんだ」

彼の話を聞くうちに、少しずつ身体が冷えていった。

明保野さんは八月頭から、行方が分からなくなっていたという。電話は繋《つな》がらず、メールしても返事はない。とある編集者が自宅に確かめに行ったが、呼び鈴を何度鳴らしても応答がない。明保野さんは独り身だった。最悪の事態を想像した編集者は、大家に相談して玄関を開けてもらった。

誰もいなかった。争った形跡もなく、むしろ整理整頓《せいとん》が行き届いていた。ただ、一つだけ不審な点があった。デスクに残されていた、こんな書き置きだ。

〈たなわれ〉

彼の遺体が発見されたのは、滋賀県T町からほど近い山の中だった。詳しいことは分からないが、遺体はかなり損傷していたらしい。

「あと……失血死だそうだ」

野崎さんは言った。平静を装っているけれど、混乱しているのが伝わってくる。

背中の毛が逆立っていた。

「一部伝聞も入ってるから、過去に被害に遭った誰かが、ここぞとばかりに面白おかしく飾り立ててる可能性もある。でも、書き置きは画像を見たよ。界隈《かいわい》で回ってるんだ」

筆跡に見覚えがあるという。

「今更なんだが、翔太くんが夕暮れに見た影、あるだろ。幻覚や白昼夢の可能性も考えていたけど、あれはやっぱり——」

カーテンを閉め、壁に背を付けてベッドに座る。それでも寒気は治まらない。窓の向こう、マンションの廊下の気配が、やけに気になる。

「昔話とのリンクも気になるんだ。狭いコミュニティ内で起こった、陰湿で馬鹿げた諍《いさか》い。腕を傷付けること。ライターを辞めさせること。こじつけかもしれないけど」

「こじつけですよ」

僕はつとめて明るく言った。

「昔話は事実を伝えてないって、野崎さん言ってましたよね？　それに、仮に何かが実際にいるとして、T町を出た明保野さんを狙うなんて」

「ああ、そうだ。そうだけど」

野崎さんの声は震えていた。

「俺たちと明保野さんがあの地でトラブったことで、何かを完全に呼び覚ましてしまったのかもな――って思ったんだ。狙いを定めて、追いかけてくるほどに」

ありえない。妄想が酷《ひど》すぎる。ハハハ何言ってるんですか――そう一笑に付してしまいたい。でも少しも可笑《おか》しくなかった。笑えなかった。

彼が恐怖しているのが、スマホを通して伝わってきたからだ。いい大人が、尊敬できるし信頼もできる大人が、まるで以前、そんな存在に殺されかけたことがあるかのように怖がっている。

「念のため、たなわれしょうきの瓦《かわら》を買ってくるよ。近いうちにね」野崎さんの言葉が心臓を締め付けた。冗談には全く聞こえない。それが余計に異様に感じられた。

「身内に何かあったら、って考えると、対策しないわけにはいかない――」

「あの、すみません」

「ん？」

僕はほとんど反射的に、

「僕も欲しいです。一個、買ってきてもらえませんか」

縋《すが》るような口調で、そう言っていた。

戸栗魅姫の仕事

一

十一月三日

おととい、お母さんと、新さくの、ファッションショーを、見に、行きました。お母さんはデザイナーで、モデルや、げいのう人の、友だちが、たくさんいます。ショーが、おわったら、みんなで、ホテルで、立食パーティでした。ローストビーフが、おいしかったです。

でも、きのう、それを、クラスの山下《やました》くみさんと、あべももかさんに言ったら、うそつきだと言われて、いやだった。

クラスのひがこと子さんは、れいが見えるとか、声がするとか、うそばっかりついているのに、何も言われなくて、わたしが、うそつきと言われるのが、不公平です。先生は、どう思いますか。

二年一組　は多の　しゅり

波多野《はたの》さんのお母さまはかんごしさんだと聞いていたので、日記を読んでびっくりしました。一度、ゆっくりお話ししましょう。波多野さんは引っこしてきたばかりで、まだクラスのおともだちと、なじめないところもあると思いますが、少しずつなかよくなれたらいいですね。

比嘉《ひが》さんのことは、比嘉さんと先生で、かいけつするつもりです。先生より

※　※

階段を下りると、見覚えのある長い廊下に出た。床板の木目、柱の色、壁に掛かった絵、飾ってある生け花。どれもチェックインした時の記憶と一致する。

「一階だ……」

無意識に口にしていた。

「ほんま?」

珠美《たまみ》がわたしを見上げた。ぽっちゃりした顔。小さな目には不安が宿っている。わたしを尊敬しつつあるが、信用はしていない。そんな心理が手に取るように分かる。もっとも、小学三年生に本心を隠せ、と言うのは酷だ。

わたしは声を作り、胸を張って答えた。

「あそこを左に曲がって、すぐ右に曲がったら売店とフロントがある。玄関もある。わたしが言うんだから間違いない」

珠美はわたしの手を握り締めた。

特に示し合わせたわけでもないのに、二人とも忍び足になっていた。警戒心が無意識にそうさせるのだろう。物音一つ、話し声一つ聞き漏らさないように、自分から音を立てることを避けている。

聞こえるのは自分たちの呼吸音。

わたしの浴衣《ゆかた》が擦れる音。珠美の首に架かった鍵《かぎ》と、キーホルダーがぶつかる音。

わたしのスリッパが規則正しく床板を擦る音。珠美の不規則な跛行《はこう》。彼女は右足が不自由だった。

左手の閉ざされた襖《ふすま》は、おそらく宴会場だろう。だが中から人の声は一切せず、欄間の向こうは真っ暗だ。

右手に並んだ幾つかの格子戸も、全て閉まっている。喫煙所か、あるいは自販機の部屋か。それとも今となってはほぼ存在意義を失った、公衆電話が置いてある部屋か。パネルがないので確かめようがない。格子の向こうはこれも真っ暗で、目を凝らしても中は見えない。

突き当たりが迫ってきた。珠美の手に力が入る。

左に曲がり、すぐ右に曲がる。

えっ、と珠美が小さな声を漏らす。

目の前には長い長い廊下があった。

あまりにも遠くて突き当たりが見えない。

相変わらず誰もいなかった。他の客も、従業員も。

「もう、いやや……」

珠美がその場にへたり込んだ。わたしも一人だったらそうしていただろう。

兵庫県R市にある有名な温泉街の、老舗《しにせ》旅館「六輔光陽閣《ろくすけこうようかく》」。

わたしと珠美は長い間――


この旅館で迷子になっている。


旅館から出ることも自分の部屋に戻ることもできず、おまけに誰とも会わない。廊下の窓も、部屋の窓も、どんなに力を込めても開かなかった。いっそ割ってしまえと重い陶製の灰皿を投げ付けても、割れたのは灰皿の方で窓には傷一つ付かなかった。外は真っ暗で星明かりすら見えない。

もう半日もぐるぐると館内を巡っていた。

いや、ひょっとするともっと長く迷っているのかもしれない。腕時計は止まっている。スマホは部屋に置いたままだ。だから時間経過は体感に頼っている。実際は一日かもしれない。二日かもしれない。

お腹が空《す》きすぎて苦しくなっていた。喉《のど》が渇きすぎて痛みさえ覚えていた。

珠美が床に手を突いた。目には涙を浮かべている。首に架けた鍵とキーホルダーがぶつかり、カラカラと音を立てている。キーホルダーは御神籤箱《おみくじ》を模した小さな六角柱だ。上面には小さな穴が開いていて、側面には「おみくじ」と書かれている。カラカラ鳴っているのは中に入っている何本かの棒だろう。「大吉」「中吉」「凶」などと先端に書いてある、プラスチック製の棒。わたしが子供の頃、少しだけ流行《はや》った記憶がある。今でも売られていて、今の子にも〝刺さる〟のか。

「大吉やったのに」

珠美はキーホルダーを摑《つか》んだ。

「ここ来る時――お父さんのベンツ乗ってる時に占ったら、大吉やってんで。せやのに」

ぴかぴかのベンツが駐車場に停まっていたのをぼんやりと思い出す。温泉街の中心にある、大駐車場のど真ん中だ。この地に来た昨日の昼過ぎのことなのに、記憶が遠い。

わたしは「やれやれ」の表情を作って言った。

「そんなものに霊験なんてないの。どっかの町工場で機械が作った、大量生産の玩具《おもちゃ》になんて」

「うそや」

「わたしを疑うの？」

頭《かぶり》を振る珠美。

「何なん、もう……」

「紛《まが》い物に騙《だま》されないで。本物を頼りなさい」

「本物て魅姫《みき》さんのこと？」

「そう」

「せやったら霊視で出口見付けてよ。それか凄《すご》い霊に教えてもらってよ。それが仕事言うてたやんか。ほんまに霊能者やってるん？」

珠美が食ってかかった。関西弁がとても刺々《とげとげ》しく聞こえる。わたしは平静を装って答えた。

「今は気が乱れてるから、いたずらに力を使ってはいけない。下手するとわたしも珠美ちゃんも持って行かれる」

「持って……？」

「死ぬか、おかしくなるか。本で読んだことない？」

「ある、かも」

「だから今は、冷静に状況を見極めるの。霊力の使いどころをね」

「ほんまに？　それさっきも言うてたよ」

生意気な子供だ。金持ちの関西の子はみんなこうなのだろうか。

「事実だから仕方ないでしょう。少し休んだら行きましょう。ここを真っ直ぐね」

「うん」

珠美は頷《うなず》いた。表情は少しだけ明るくなっている。

一方でわたしは、自分の言葉で不安になっていた。

この先に何があるのか。或《あ》るいはないのか。どちらにせよ楽しいこと、安心できることが待ち構えているとは思えない。想像してしまうのは迷い続ける自分たちの姿だ。未来永劫《えいごう》、誰もいない旅館を徘徊《はいかい》し続ける姿。

胃が持ち上がる。大声で叫びたくなる。

でもこの子の前で弱っている姿は見せられない。

何としても一緒に抜け出さなければならない。

なぜなら──

スパンッ、と背後で音がして、わたしはその場で跳び上がった。珠美も首を引っ込めて、来た方を窺《うかが》っている。

今のは襖だ。襖が勢いよく開かれた音だ。

そう思った時。

ぱた、ぱた、ぱた、ぱた……

スリッパだ。誰かが歩いている。こっちに来ている。

わたしは縮み上がった。

誰でもいいから会いたいと思っていたのに、いざ足音がすると竦《すく》んでしまう。

珠美がわたしの腰に抱き付いた。

子供に纏《まと》わり付かれるのは嫌だが、今はそれどころではない。わたしも咄嗟《とっさ》に彼女の両肩を摑んでいた。二人で身を寄せ合って、スリッパの音に耳を澄ましていた。

ぱた、ぱた、ぱた、ぱた、ぱた
近付いてくるにつれ、鼓動も速まった。

息が詰まった。逃げたくなったけれど動けない。

ぱた、ぱた、ぱた
珠美がわたしの浴衣を握り締めた、その時。

向こうから人が現れた。

とても小柄な女性だった。

長い黒髪を一つ結びにしている。化粧はしておらず、濃い眉《まゆ》と鋭い目が目立つ。黒い手袋が宿の浴衣と羽織に全く合っておらず、これも目立つといえば目立つ。首に巻いたフェイスタオルが妙に年寄り臭いが、皺《しわ》や肌艶《つや》から察するに、わたしと同じ三十代半ばくらいだろう。膨らんだ生成りのエコバッグから、バスタオルがのぞいていた。

女性はわたしたちを見つめ、二度ほど大きく瞬《まばた》きをした。

「人間やんね……？」

珠美が訊《たず》ねた。

女性はほんの少し首を傾げ、

「ええ。もちろん」

と答えた。小さいのによく通る声だった。

珠美がパッと顔を輝かせた。

「魅姫さん、やったやん、人に会《お》うたで。これ、出られる流れとちゃう？」

「そちらも迷ってらっしゃるんですか？」

女性が訊ねた。わたしたちの後ろ、長大な廊下に気付いてわずかに目を見開く。

「〝も〟ってことは、あなたも？」

「はい。一階の奥の大浴場から上がって、暖簾《のれん》をくぐったら何故か地下の遊戯場に出ました」

卓球台とゲーム機が、それぞれ何台か並んだスペースだ。

「妙だなと思って目に付いた襖《ふすま》を開けてみたら、今度はそこに」

来た道を視線で示す。ずっと仏頂面で、動揺している様子は全くなかった。

同じ目に遭っている人間が、もう一人いたわけだ。迷っている時間にかなり差があるし、何も解決はしていないが、人間、それも大人に会えたのは心強い。肝が据わっていそうなところも有り難い。

全身を縛り付けていた緊張が、わずかに解けるのが分かった。

「半日ぶりだよ、人に会えたの」

「そうなんですか」

「せやで。ずっとぐるぐるぐるぐるしとってん」

女性はエコバッグに手を突っ込み、革製のポーチを取り出した。

中には煙草のケースと百円ライターが入っていた。

「おばちゃん、煙草吸うん？」

「珠美ちゃん、おばちゃんは駄目」

「何でよ。おばちゃん、ここ煙草あかんで。火事になったらえらいことや」

「だから珠美ちゃん」

女性は黙ってわたしたちを見つめていたが、やがてケースに突っ込んでいた指を抜いた。

「カラでした。吸いたくても吸えない」

肩を竦めてポーチを閉じ、エコバッグに放り込む。

「せや、煙草なんて吸わんでええよ。健康に悪いてお母さんも言うてたし」

「そうね……」

女性はわたしを見上げ、少し躊躇《ためら》ってから訊ねた。

「失礼ですが、悪霊退散工房の戸栗《とぐり》魅姫さんですよね？」

「あ、やっぱり分かる？」

「ええ、時折 YouTube で拝見しているので」

「ご視聴ありがとう。じゃあお礼代わりに……」

わたしは二人の視線を意識しながら、

「汚れた魂、浄化します」

と、虚空を指差して口にした。
霊感など皆無なのに「二〇一〇年代最強の霊能者」などと呼ばれ注目されている、インチキ霊能者・戸栗魅姫の決め台詞《ぜりふ》を。

二

腹痛訴えた女子生徒を放置　失神し救急搬送
杉並《すぎなみ》区立東井草《ひがしいぐさ》中学校で七日、授業中に腹痛を訴えた女子生徒（14）に対し、担任教諭（33）は「腹痛は本当か嘘か」とクラスで多数決を採択。嘘だとする票が半数を超えたため、そのまま放置した。女子生徒は次の授業中に失神し病院に搬送され、虫垂炎と診断された。
教育委員会の聞き取りに対して担任教諭は「女子生徒は普段から嘘ばかり吐き、周囲の注意を引こうとしていた。今回もそうだと思ったが、念のため生徒の意見も聞いた」と説明しているという。
また、同校の喜田正直《きだまさなお》校長は本誌取材に対し、「学校として誤った対応をしたという認識はない」とコメントした。

※　※

「戸栗魅姫の悪霊退散工房」

動画配信サイトYouTubeで開設した、わたしのチャンネルの名前だ。世間様から賜った略称は「アクタイ」または「アッコー」。

動画の内容は主に占い、そして霊視による助言。コメントでのお悩み相談は受け付けていません、と明記しているのに、一つの動画のコメント欄に何十件、何百件と視聴者から悩みが寄せられる。

霊能者として活動を始めたのは二〇一〇年。当時は中野《なかの》の雑居ビルの一室でスピリチュアル・カウンセリングをしていたが、ほどなくしてニコニコ動画に自分で撮影・編集した映像を投稿するようになった。内容は今よりも大袈裟《おおげさ》だった。決め台詞もこの頃に作ったし、隈取《くまど》りメイクだった時期もある。最初の動画をアップして一年半ほどで、配信者——いわゆる「生主《なまぬし》」として有名になった。当初は単にネタとして面白がられていただけだったが、次第にわたしの占いが「当たる」「信頼できる」と視聴者の間で評判になった。ツッコミばかりだったコメントは、いつしか悩みを吐露するものばかりになった。

中野の店に来る客も増え、ニコニコ動画文化の衰退とともにYouTubeに乗り換え、たまにバラエティ番組にも出演するようになり――

今ではチャンネルの広告収入だけで生活できるくらいに稼げている。

収入は戸栗魅姫を名乗る前より一桁《ひとけた》多いが、「前職で稼げていなかっただけだ」と指摘されれば返す言葉もない。

七年前までは売れない舞台役者だった。

今は誰もが知っている霊能者だ。

相談や依頼は全国から寄せられ、時に自治体や観光協会から「浄化してくれ」と呼ばれることもある。今回のように。

この温泉街では妙なことが起こっていた。

数年に一度、観光客が行方不明になる。

最初に事件が起こったのは一九九六年。それから二十年で七人が失踪《しっそう》し、いずれも発見されていない。警察にも調べてもらったが何も分からない。

心霊スポットだ何だと囃《はや》し立てる人間が出てきた。風評被害を無視できなくなってきた。だから戸栗魅姫さまに是非とも「浄化」して欲しい――

「それで昨日、ここに来たの」

わたしは自己紹介を終えた。

女性は鈴木《すずき》華子《はなこ》と名乗った。職業はフリーライターで、ここには取材で訪れたという。

「特に依頼されてはいませんが、来たものをこなすだけでは心配なので」

「仕込みね。立派だわ」

「魅姫先生にそう言われると照れますね」

華子はそう言ったが、顔は無表情のままだった。

「そんなに有名なん？」

わたしの背中で、珠美が訊《たず》ねた。

長い長い廊下を歩いていた。「歩けない」のに「帰りたい」と駄々を捏《こ》ねる彼女を、わたしは背負うことにしたのだった。顔を合わせてからこれで三度目だった。正直なところ、かなり重い。空腹のせいだろう、数歩進むだけで目眩《めまい》を覚える。

「ええ、細木《ほそき》数子《かずこ》より有名だと思う」

華子が控え目な笑顔で答える。

珠美が「誰それ？　まあでも嘘ちゃうってことやな」と、肩に回した手に力を込める。

わたしは「もちろん」と答えた。

左右は壁ばかりで、ドアも襖も窓も見当たらない。一方で突き当たりは見えてきている。廊下は左に折れていた。

華子が訊ねた。

「お名前は？」

「今里《いまざと》珠美。三年生。芦屋《あしや》から来てん。お父さんのベンツ乗って」

「ベンツ？」

「駐車場に停めてあったやろ？　お父さん、北林《きたばやし》組の社長やねんで」

　大手の建設会社だ。

「なんで平日やのに、ここにおるんか分かる？」

「分からない」

「誕生日から一週間はな、学校休んでここに泊まるねん。せやから先週からここにおる。先生も文句言わへんよ。お父さん、学校にようけ寄付してるから。プール新しくできたん、寄付のおかげやもん」

「そうなんだ」

　華子は感嘆の声を上げた。

　わたしが聞くのは二度目で特に驚きはなかったが、この子は社長令嬢なのだ、と再認識する。小学三年。おまけに身体に障害を抱えている。そんな娘がいなくなれば、親は心の底から心配するだろう。誰かが安全に助け出せば、心の底から感謝するだろう。たんまりとお礼をするだろう。

　わたしが今、こんなに辛《つら》いのに彼女を背負っているのはそれが理由だった。でなければ適当にあしらって、一人で先に進んでいただろう。いや、絶対にそうだ。ずっと子供は嫌いだった。

「ここに来た初日はな、舟盛りが出てん。それも普通に予約とかできひん特製や。誕生日にってお父さんが注文してくれてんで」

「すごいね」

「ケーキもな、結婚式のやつみたいに四角くて、字がいっぱい書いてあるやつが出てん。HAPPY BIRTHDAY TAMAMI ってチョコで書いてあって、周りにちっちゃいシュークリームが並べてあんの。おばちゃん、食べたことある？」

「ない。一回食べてみたいな」

「わたし毎年食べてるよ。もう飽きたわ」

「いいなあ」

鼻持ちならない自慢話に、華子は律儀に付き合っていた。彼女も金の匂いを嗅《か》ぎ取っているのかもしれない。わたしはずり落ちてくる珠美を背負い直し、足を進めた。

自己紹介と情報交換を終えた頃、大きな扉の前に辿《たど》り着いた。扉は目一杯開け放たれていた。

中は広い食堂だった。

昨日の夕食と今朝の朝食を食べた、まさにその食堂。テーブルと椅子が幾つも並び、奥のカウンターの向こうには広い厨房《ちゅうぼう》がある。大きな窓には分厚いカーテンが下りている。入ってきた扉以外のドアや出入り口はどこにも見えない。

「どなたかいらっしゃいますか」

華子の声はわずかに反響して、消えた。

食べ物も飲み物も見当たらなかった。いくら捻《ひね》っても蛇口から水は出なかった。

わたしは酷《ひど》く落胆して椅子に座った。足腰が悲鳴を上げている。向かいに座った珠美は心細そうにキーホルダーを弄《いじ》っている。

その姿を見ていると、一旦《いったん》は小さくなった不安が再び膨らみ始める。

食堂のだだっ広さが逆に息苦しい。

食事も何も載っていない、テーブルの列が寒々しい。

遠くの無人の厨房に降り注ぐ、蛍光灯の青白い光が不気味だ。静寂が不穏だ。暑くもなく寒くもなく、わずかな風もないのが異様だ。

考えまいとしていたことを考えてしまう。

わたしが呼ばれた理由。

観光協会が頭を抱えている問題。

失踪事件。二十年で七人。

まさに——これのことではないか。

これまで何人も、ここに迷い込んでいたのではないか。

そして未《いま》だに迷っているのでは。

あるいは飢え死にして朽ち果てているのでは。

浴衣《ゆかた》の下、両手にぞわぞわと鳥肌《こわば》が立った。

いつのまにか全身を強張らせ、椅子の上で背中を丸くしていた。華子がカーテンを開け窓の錠を弄っていたが、やがて溜息《ためいき》を吐いてこちらに戻ってきた。

「開かへんかったやろ？」

どこか誇らしげに珠美が訊《き》く。

「ええ」

華子はわたしたちから少し離れた席に着くと、バッグからポーチを取り出した。

「カラなんちゃうん？」

「そうだったね」

「どっちみちあかんで」

珠美は壁の「禁煙」と書かれた張り紙を指差す。

華子は微苦笑すると、ポーチを戻した。

「禁煙ちゃうかっても吸わんほうがええよ、火事になる」

「華子さん、依存症なの？」

「そのケはあります」

「これ、どうなってると思う？」

「さあ……魅姫さんはどうお考えですか？」

華子は椅子にもたれて、わたしをじっと見た。射貫《いぬ》くような視線が妙に心をざわつかせる。

わたしは仕事の頭に切り替えて言った。

「山の怪談で似たようなのがよくあるね。登っている、或《ある》いは下っているはずなのに何度も同じ場所に出るとか」

「ここも山ですからね」

「科学的な説明ができるケースも勿論《もちろん》ある。吹雪や濃霧の山で、人間は簡単に方向感覚を失うの。真っ直ぐ進んでいるつもりで、同じ所をグルグル回り続けてしまう」

「リングワンダリング、でしたか」

「そう。でも、それだけじゃ説明の付かないケースも普通にあるの。車で道路を走っているのに下山できない——そんな怪談は少なくない。やっぱり何かが人を惑わせてることもあるわけ。昔ならキツネに化かされたとか言ってたんじゃない？　この地方なら狸の仕業になるのかな」

「お詳しいですね」

「全然」

「これもそうだとお考えですか。何かがわたしたちを——」

「化かしてるって？　さあ。何も感じない」

わたしは出まかせを言った。華子は全く気付いた様子もなく、次の質問をする。

「他の可能性は？」

「悪霊や地縛霊のこと？　どうだろうね。それだったらこう、もっとプレッシャーを感じるよ。頭も痛くなるし、心も鬱々《うつうつ》としてくる」

「魅姫さん、分かるんや」

「アンテナはずっと張ってあるよ」

わたしが当たり前のように言うと、珠美の顔がパッと明るくなった。

「すごい……めっちゃ詳しいし、霊感もあるし」

「全然。何にも見付けてないもの」

万能ぶりをアピールしすぎて信用を失う同業者を、これまで何人も見てきた。だからこそ至らなさを認めるのが賢明だ。そして偽らざる本音を織り交ぜることも必要だ。

「ああ、お腹空《す》いたなあ。喉《のど》も渇いた。身体と霊感が密接に繋《つな》がってるって実感するわ。なんか食べたらちょっとは――」

「そんな力、わたしも欲しいなあ」

珠美がしみじみと言った。いや、「つぶやいた」の方が正確だろう。わたしに言ったのではなく、心の底からの願望が口を衝《つ》いて出た。そんな風に聞こえた。

「どうしたの急に」

「いや、だって欲しいもん。霊感」

「霊感なんて面倒なだけよ。見なくていいモノ、聞かなくていい声もいっぱい聞く羽目になる。他人の不幸な未来なんかもね。それで心を病む人もいる」

「うーん……でもなあ」

珠美は鼻を擦《こす》って、

「霊感あったら、困ってる人を助けられるもん。そんでわたしも嬉《うれ》しいし」

と言った。

想像していなかった言葉に、わたしは戸惑った。おまけに胸が痛む。

この感情は何だ。良心の呵責《かしやく》か。

違う。そんなものはとっくに捨てた。

だったら一体――

「魅姫さん、これ触ってくれへん？」

珠美の声で我に返った。彼女はキーホルダーを両手で差し出して、

「これに力を注ぎ込んで。オーラやったっけ？　本物の霊能者のパワー、分けてよ」

「いや、だからね」

「ええやん。ケチらんとってや」

突っぱねようとして思い直す。そうだ、ここはムキになっても仕方がない。所詮《しょせん》は子供の、無邪気で無意味な願望だ。

「ちょっとだけならいいでしょう。特別にタダでね」

「やった」

満面に笑みを浮かべた彼女のキーホルダーに、わたしは右手の人差し指を置いた。

「幽世《かくりよ》の大神、憐《あわ》れみ給い恵み給え、幸魂奇魂《さきみたまくしみたま》、守り給い幸《さきわ》え給え……」

適当に唱えてやる。珠美が感動しているのが表情で分かった。ゆっくり間を取って、キーホルダーから指を離す。

「はい、これでいい？」

「ありがとう！」

珠美は心の底から嬉しそうに、キーホルダーを振った。カチャカチャと音がして、御《お》神籤《みくじ》箱の穴からぽろりと短い棒が飛び出す。

先端には「吉」と書かれていた。

悪くはないね、と声をかけようとした時、珠美が大声で言った。

「ってことは、あそこから出よう！」

わたしの背後を指差す。

振り向いたわたしは息を呑《の》んだ。

壁に格子戸が現れていた。入ってきた時にはなかった。勘違いではない。その証拠に華子も戸を凝視している。

「珠美ちゃん、あんな戸あった？」

「え？　最初からあったよ」彼女は不思議そうに答える。「どこから出るか迷てたんちやうの？　せやから長いこと座ってたんやろ？」

「え？　どういう……」

「珠美ちゃん」華子が前のめりで呼んだ。「吉が出たらあの戸なら、他は？」

「大吉やったらあっこで、凶やったらあっこ」

珠美が指差した先には、確かにドアがあった。一つは奥の壁に。もう一つは厨房《ちゅうぼう》に。

おかしな状況に、更におかしな状況が重なっている。

わたしと華子は顔を見合わせた。

珠美が「絶対あそこで正解や、魅姫さんのオーラのお導きやもん」と楽しげに言った。

格子戸の向こうは三階の廊下、わたしの部屋のすぐ近くだった。部屋のドアは開かず中に入ることはできなかった。階段を上っていないのに一階から三階に移動したことになるが、もう驚くことも慄《おのの》くこともなかった。

廊下を何度も曲がって辿《たど》り着いたのは宴会場だった。襖《ふすま》を開けると遊戯場で、階段を上ると大浴場の前に出た。どの方向に進むかは全て珠美の御神籤型キーホルダーで決めたが、事態は一つも好転しない。

華子が前方の壁を指差した。「五〇一～五〇七→」「五〇八～五一四←」と書かれた、二枚の木製のパネルが張ってあった。

「わたしたち、五階にいるみたいですね」

「は？　なんで？」

無意識に声が出ていた。この旅館は四階建てで、五階など存在しないからだ。

この展開は初めてだった。自分の心音が大きく、速くなるのが分かった。

「右が大吉、左が吉……」珠美はめげずにキーホルダーを手の中で振り、棒を引っ張り出した。先端には「大吉」と書かれていた。

「こっちや」

珠美は右足を引き摺《ず》りながら、廊下を右に曲がった。わたしがキーホルダーにオーラを送り込んでからというもの、泣き言を口にすることがなくなった。むしろ溌剌《はつらつ》としている。

わたしと華子は彼女の後を追った。

「珠美ちゃん、凄《すご》いね」

「ええ」

「もう一日くらい？　あ、わたしとあの子は、だけど」

「だと思います」

「それであんな元気なんだから、立派だよ。ほんと」

自分の言葉で気付く。そう、珠美は立派だ。こんな状況なのに、わたしたち大人を鼓舞してくれている。きっと心細いはずなのに。お腹も空いているはずなのに。素直に偉いと彼女に対する苛立《いらだ》ちは消え失《う》せていた。皮算用をする気にもなれない。

思うようになっていた。

右に曲がると長い廊下が続いていた。部屋のドアが左右に、互い違いに並んでいる。突き当たりの壁の前で珠美がキーホルダーを振っている。静寂のせいだろう、この距離でもカラカラという音が聞き取れた。

「頑張ろう」

わたしは自分に言った。

珠美が「次はこっち！」と左に曲がり、視界から消える。早足で後を追っていると、
華子が口を開いた。

「失踪《しっそう》事件が続いているとか」

「え？　ああ、そう。最初の失踪は一九九六年」

「ということは前年は阪神《はんしん》・淡路《あわじ》大震災ですね」

「そうなるね」

「神戸《こうべ》や淡路島ほどではないにせよ、この地も結構な打撃を受けたそうです。物理的な意味で傾いた旅館がいくつもあった。火災が起きた旅館では逃げ遅れた方が大勢亡くなった。焼けた旅館の跡地は現在、駐車場になっています。中央にある大きな駐車場です」

「ああ、あそこ。わたしも停めたよ。にしても詳しいね」

「リサーチしましたから」

華子は前を向いたまま、

「震災当時、この地に一人の女の子がいました。小学三年生の、土産物屋の娘さんです」

唐突に話題を変える。

「彼女はいつも一人でした」

「そうなんだ」

「学校でも友達を作れず、親からも、先生からも相手にされていなかった。理由はたっ

た一つ。当時を知る人が口を揃えて証言しています。彼女は嘘吐きだった、と」

ずきん、と胸が痛んだ。

突き当たりが近付いてきた。

「魅姫さーん」と左手から珠美の呼ぶ声がする。

華子が再び話し始める。

「親が金持ちだ、有名人と知り合いだ、毎日のように高級車に乗り、週末は飛行機で海外旅行――子供の他愛《たわい》ない嘘でも、実際に毎日聞かされればうんざりもするでしょう。誰も耳を貸さなくなる」

「そう……だね」

「地元の人に愛想を尽かされた彼女は、観光客に付きまとって嘘の自慢をするようになります。時には旅館に忍び込んで客に話しかけることもあったようです。深夜や早朝でもお構いなく」

「……ねえ、それって何の」

「女の子の名前は今里珠美」

華子はこちらを一瞥《いちべつ》し、

「火災のあった旅館から救出された、複数の方が揃って証言しています――出口へと先導する女の子がいた。どうやら地元の子らしかった。だからみんなで彼女に付いて行ったのに、行けども行けども出口は見えなかった。そのうち煙に巻かれ、みんなバタバタと倒れて行った。あの子は出鱈目《でたらめ》な道案内をしたに違いない、きっとそうだ——」

言葉が出ない。

「焼け跡から発見された大勢の焼死体の中に、女の子のものもありました」

喉《のど》が完全に渇き切り、麻痺《まひ》している。

「あの子——珠美ちゃんは死んでからも、この地で人々を惑わしているのです。偽りの自分を語り、嘘の道順を教えて」

わたしたちは突き当たりを左に曲がった。

廊下はまだ続いていた。

奥の角から珠美が上半身だけ乗り出して、こちらに手招きしていた。

ニコニコと、楽しそうに。

三

劇団員退団のお知らせ
平素は劇団モノトロンベースに格別のご高配を賜り、厚く御礼申し上げます。代表の小林健三《こばやしけんぞう》です。本日付で、波多野朱莉《しゅり》が劇団モノトロンベースを退団することになりましたので、ご報告させていただきます。
波多野は第一回から数多くの公演に出演しましたが、度重なる虚偽の発言により、他の劇団員のみならず波多野を応援してくださった皆様を振り回し、傷付けました。再三にわたって注意しましたが、本人に改善する意志が見受けられず、これ以上看過できないと判断し、この度の結果となりました。

波多野朱莉を信じ、応援してくださった皆様を裏切る形となってしまったことを、心よりお詫《わ》び申し上げます。

なお、波多野が代表である小林および当劇団に関する事実無根の情報を流布し、不当に貶《おとし》めた件については、然《しか》るべき場で決着を付けるつもりです。

※　※

わたしはその場に立ち竦《すく》んだ。

「……嘘でしょ。だって珠美ちゃん、普通に生きてるじゃない。会話もするし、重さだって」

「そう見えて聞こえて感じるだけです。ここでは世間の道理は通用しない」

「でも、でもあの子が死人だなんてこと、あるわけが」

「ない、と仰《おっしゃ》るのですか？　不思議ですね、魅姫先生は常日頃から、霊や何かをご覧になっているはずなのに」

わたしは何も言えなくなった。

華子は微笑すると、珠美に大きく手を振った。

「ちょっと待って、大人は疲れちゃったの」

「ええ〜」

珠美は笑顔のまま落胆の声を上げたが、やがてこちらに向かって歩き出した。右足を引き摺りながら、ゆっくりと、もどかしそうに。床板を擦る音が少しずつ大きくなる。

その姿を見て、足音を聞いて、わたしは気付いた。

「違うよね？　あの子……あそこにいる珠美ちゃんはその、火事で死んだ子じゃない。名前が偶々《たまたま》一緒なだけ」

「どうしてそう思うのですか？」

「だって、あの足じゃ先導できないもの」

わたしは言った。

そうだ。あの子は違う。土産物屋の子ではない。嘘吐きでも、とっくに死んだ子でもない。

華子はわたしを見上げ、

「そうですね。本当に不自由なら」

低い声で答えた。

胃がせり上がるような感覚が、腹の奥に湧き上がった。全身が麻痺したように動かない。「しゃーないな、休憩しよか」と言いながら、珠美がすぐ近くまでやって来た。

「珠美ちゃん」

華子が呼んだ。

「そのキーホルダー、かわいいね。どこで買ったの？」

「ここのお土産屋さん。歩いとったら店の人がくれてん、お嬢ちゃんはかわいいから特別にって」

「そうなんだ。ちょっとよく見せてもらえない？　仕事でそういうグッズを調べてるの」

「ええよ、おみくじは一回だけな」

珠美は首に架けていた鍵《かぎ》ごと、キーホルダーを差し出した。華子は黒手袋をした手で受け取る。

次の瞬間、華子は踵《きびす》を返して駆け出した。スリッパ履きとは思えないほどの速度で、みるみる遠ざかる。

「何すんの！」

珠美が猛然とその後を追った。

華子が走るのと同じように、両足を交互に、素早く、規則正しく出して。

「あ……」

わたしが声を上げたことに満足したのか、華子がぴたりと立ち止まった。追い縋《すが》る珠美に鍵を差し出す。珠美は引ったくるように鍵を奪い返すと、「冗談キツいわ」とむくれた。

「珠美ちゃん」

「なに、魅姫さん」

「あ、足のことなんだけど」

「え？　ああ」

珠美は悪びれもせず、

「実はここの温泉でな、だいぶよくなっててん。癖で引きずってもうてたけど。すごいなあ、もう完全に治ってるわ」

堂々と言ってのけた。

悪寒が全身を走り抜けた。

「華子さん、走れるんやったらもう元気やろ。行こうや」

「珠美ちゃん……」

「魅姫さんは、あれ？　疲れてる？　顔色悪いで」

「それは」

「ここにはベンツで来たんだっけ」

華子が訊《たず》ねた。エコバッグに手を突っ込んでいる。

「うん、ベンツ」

「真ん中に停まってた、一台だけのベンツ？」

「せや。かっこええやろ」

「不思議ね」

華子は冷たい目で言った。

「あれはわたしの依頼人のものよ。市長と職員二人。わたしは三宮《さんのみや》駅で待ち合わせて乗せてもらったの。だから間違えようがない」

「あれ？」

珠美は明るい表情のまま、

「わたし、ベンツって言うてた？　間違えた、アウディのことやわ。あったやろ、手前のとこ」

「どうだったかしら」

「時間帯かもしらんで。わたしが来たの、昨日の夜遅くやったもん。華子さん、見てへんのちゃう？」

鍵を首に架けると、珠美は「よし、出発」とスタスタ歩き出した。もう跛行《はこう》してはいない。歩きにくそうな素振りを微塵《みじん》も見せない。

わたしは呆然《ぼうぜん》と彼女の背中を見ていた。

廊下の天井と、壁が迫ってくる。そんな感覚に襲われていた。空気が薄くなった気がした。

思い当たるところはいくらでもあった。

裕福だお金持ちだと言うわりに、服装は庶民のそれだ。子供にもそれなりに認知されているわたし——戸栗魅姫を知らないのも腑《ふ》に落ちる。それに食堂で、突然ドアが現れたことも、全て彼女の仕業だと考えれば辻褄《つじつま》が合う。何より。

わたしは彼女と出会った時のことを、全く記憶していなかった。一泊して食堂で朝食を摂《と》って、その後が思い出せない。

いつの間にか一緒にいた。当たり前のように行動をともにしていた。

ということは——

「もうお分かりでしょう、魅姫先生」

華子の声が胸に刺さった。

「わたしたちはあの子に標的にされたんです。このままだと飢え死にするか、その前におかしくなってしまうか……いずれにしろ今までの七人と同じ道を辿《たど》ることになる」

「華子さん」

「説得されてくれるとも思えません。さっきご覧になりましたよね。嘘を見破られても新たな嘘を塗り重ねる。見え透いていても気にする様子はない」

エコバッグから引き抜いた手には、ポーチが握られている。片手で器用に開け、中身を摘《つ》まむ。

「最初から薄々気付いていましたが、食堂からここに至るまでで確信しました。あの子はわたしたちを導いている。最初は同じように迷った宿泊客の振りをして、次いで子供じみた占いの振りをして」

「あの、華子さん」

「どうされましたか」

「なんで？　なんであの子、そんなことを？」

「簡単なことです」

華子は煙草を咥《くわ》えた。

「嘘を吐いてでも周囲の関心を引きたいからですよ。幽霊は恨めしいから出るとは限りません。そんなものは世間でうっすら共有されているお約束にすぎない」

「……あなた、何者なの？」

「同業者ですよ」

しゅぽ、とライターで火を点《つ》ける。

珠美がぴたりと足を止めた。

勢いよく振り返る。その表情が一瞬で凍り付く。煙草を穴の開くほど凝視している。

華子が煙草を吸った。

チリリ、と煙草の先端が赤く光った。

「やめてえええっ！」

珠美が絶叫した。甲高く耳障りな悲鳴が廊下に響き、思わず耳を塞《ふさ》ぐ。

「あっ」

わたしも小さな悲鳴を上げていた。

珠美の顔が爛《ただ》れていた。両頬の皮がべろりと捲《めく》れ、ぬらぬらした赤い組織が見える。髪の毛がみるみる縮れ、焦げた服が音もなく舞い散り、火傷《やけど》だらけの両腕が露《あら》わになる。

焼肉屋のにおいがした。

その意味に気付いた瞬間、わたしは大きく嘔吐《えず》いてその場に膝《ひざ》を突いた。

「火事や！　火事や！　いやあああっ！」

珠美が叫びながら駆けていくのが見えた。

華子が無言でその後を追った。

四

劇団ぐるみで悪徳商法か　監禁も　代表を逮捕

世田谷《せたがや》警察署は今月二七日、俳優・劇作家の小林健三（37）および小林容疑者の主宰する劇団「モノトロンベース」の団員七名を、逮捕監禁致死傷罪の容疑で逮捕した。

小林容疑者は自身や劇団のファン、役者志望者に「幸せになれる」「有名になれる」と高額な商品を強引に販売。購入をためらった六名を、劇団員の部屋にそれぞれ数日にわたって監禁するなどした疑いが持たれている。

当劇団は以前から悪徳商法を行っていると内外で指摘されていたが、小林容疑者は言葉巧みにこれらを封殺。かつて所属していた女優・波多野朱莉さん(26)は「周りに何度も問題点を伝えたが、逆に『この女は嘘吐きだ』と吹聴《ふいちょう》され、恫喝《どうかつ》訴訟も起こされた。今も外に出るのが怖い」と話している。

※　※

彼方《かなた》から聞こえる珠美の声を頼りに、わたしは二人の後を追った。ドアを開ける、走る、角を曲がる、聞き耳を立てる。込み上げる吐き気を何とか押し戻す。その繰り返し。

「嘘なんか吐いてへん！　ほんまや！」

時折弁解し、

「火はあかん！」

時折煙草の火を恐れ、

「魅姫さん！　魅姫さーん！」

時折わたしの名前を呼ぶ。

どん、と遠くで何かがぶつかるような音がした。声と同じ方から聞こえた。何が起こっているのか見当も付かないが、追うのを止めるわけにはいかない。

「嘘ちゃうよ、お願い……」

懇願するような涙声が廊下から聞こえた。

わたしは客室にいた。

間取りはわたしの部屋と一緒だったが、一つだけ違うものがあった。

押し入れの襖《ふすま》の手前に、黒ずんだ塊が転がっていた。大型犬ほどの大きさで、周囲の畳が変色して撓《たわ》んでいる。纏《まと》っている布切れは浴衣《ゆかた》だ。模様で分かった。

朽ちた死体だった。きっとこの二十年で失踪《しっそう》した、七人のうちの一人に違いない。

ここで力尽きたのだ。

わたしは呻《うめ》き声を漏らしながら部屋を飛び出した。

「ほんまやって！　信じて！」

それから二人を追う最中、いくつも死体を目にした。まだ新しいものもあれば、骨だけのもの、大きなイカの干物のようなものもあったが、どれも浴衣を着ていた。

「火ぃ消して！」

ある死体は大浴場の、空の浴槽に横たわっていた。

別の死体は窓にへばり付いたまま固まっていた。

また別のはトイレの洗面所に頭を突っ込んでいた。

更に別のは廊下に大の字になっていた。

踊り場で抱き合うようにして朽ちていた二人は、夫婦か恋人だったのだろう。

「いやあああ！　熱いーっ！」

悲鳴が頭上から聞こえた。

わたしは階段を上っていた。もう十階以上は上っている気がしたが、ドアや出入り口の類《たぐい》が一向に現れない。胸が破裂しそうなほど息切れし、両足の筋肉も腱《けん》も悲鳴を上げていたが、わたしは手すりに縋《すが》り付いて、声のする方を目指した。

いつの間にか、辺りに灰が舞っていた。

焦げ臭いにおいが充満していた。

階下から熱気が迫っている。

この旅館は燃えている。この旅館の形をした迷宮が、火事になっている。不条理だとは思わなかった。不快なにおいと熱気で朦朧《もうろう》としながら、何となく腑《ふ》に落ちていた。

ここは、この迷宮は——

踊り場の壁に開け放たれたドアがあった。

遠くに人影が見える。少女と、小柄な女性が。

「待って！」

わたしはドアをくぐった。

見飽きた板張りの廊下に出ていた。

数メートル先で華子が振り返り、わたしを睨《にら》み付けていた。その向こうで、ボロ布のようになった珠美が尻餅《しりもち》をついていた。

わたしは這《は》うようにして華子の側を通り過ぎ、珠美の傍らに何とか辿り着いた。

珠美は変わり果てていた。

眉毛《まゆげ》も睫《まつげ》も焼け落ち、片方の目は白く濁っている。右頬の肉は焦げて崩れ落ち、白い骨が見えていた。指先は真っ黒に炭化していた。

「……あなたがやったの、華子さん」

「いいえ。追いかけていたらひとりでに。それも芝居でしょう。わたしたちの同情を引こうとしている」

「そんな」

「死体をご覧になったでしょう？　その子に構っていると、わたしたちもいずれああなります。そしてその子はまた新たな獲物をおびき寄せる」

「ちゃう」珠美が苦しい息の間で言った。「そんなこと、せえへんよ。た、助けるつもりで、一緒に、出口、探しててん。せやのに……自分で探すわって、み、みんなどっか行って、はぐれて、やっと見付けたら……」

「そうなの？」

「信じないで魅姫さん」

華子が鋭い声で言った。一歩踏み出して、

「その子は人ではありません。人の形を取っていますが全部は揃っていない。言わば人の残骸《ざんがい》」

珠美は小刻みに頭を振っていた。乾き切った唇が裂け、血が溢《あふ》れ出す。

「生前の欲求に衝《つ》き動かされ、同じことを繰り返すだけの存在です。今のわたしの言葉も、どれくらい理解しているか怪しいものです」

黒い手でキーホルダーと、鍵《かぎ》を握り締めている。カラカラと音が鳴っている。

「忘れないで下さい魅姫先生。この子は何人も殺している」

「殺してない！」

わたしは怒鳴った。

華子が目を瞬かせた。珠美も目を見開いた。わたし自身も驚いていた。言葉が口を衝《つ》いて出る。

「珠美ちゃんは嘘なんか吐いてない。本気でわたしたちを助けようとしてる。ね？」

わたしは珠美に笑いかけようとするが、少しも笑えなかった。代わりに何故か目が潤んだ。

「ここは——今度こそ助けるための場なの。人を救うために、珠美ちゃんが作った場所。そうだよね？　珠美ちゃん」

珠美は答えなかった。

信じられないといった表情で、わたしを見返していた。

華子がまた一歩踏み出した。

苛立《いらだ》たしげに煙草を吹かしている。

「助けるための場？　じゃあその子は、宿泊客を脱出させるために迷わせていた、ということですか？　馬鹿馬鹿しい」

「そもそもどうして魅姫先生にそんなことが分かるんですか？」

「わ、分かるよ」

「だからどうして？　オーラですか？　守護霊ですか？」

「………」

身体を折り、わたしに顔を近付けて、華子は囁《ささや》いた。

「インチキ霊能者に何が分かるの？」

言葉がグサリと胸に突き刺さった。

彼女の視線が冷たい。凍えそうなほどだ。

「多生の縁だから見逃してあげようと思ってたけど、本当にただの嘘吐きね。違う？舌三寸で困ってる人を誑《たぶら》かして、金品を巻き上げる占いYouTuberの波多野朱莉さん」

「嘘吐きのインチキだから分かるの！」

痛みを振り払ってわたしはまた怒鳴った。

どうして華子がわたしの本名を知っているのだろう。宿帳でも調べたのだろうか。

でも今そんなことはどうでもいい。

立ち上がって足を踏ん張り、華子を見下ろす。

「嘘吐きはみんな罪悪感ゼロで楽しく生きてると思う？　しっぺ返し食らって辛《つら》い目に遭ったこと、一回もないと思う？　それでも何でまた嘘吐くか教えてあげよっか？　本当のこと言ったって誰も見向きもしないからだよ」

　事実だった。いくつもの記憶が脳裏をよぎった。

　同級生に嘘吐き呼ばわりされ続けた学校生活。授業中お腹が痛いと訴えても信じてもらえず、多数決という名の学級裁判で有罪——嘘だと判決を下され授業を受けさせられたこと。舞台役者をやっていた頃も似たような経験をした。

　わたしは嘘吐きだ。昔も、今も。

(そんな力、わたしも欲しいなあ)

　だから分かる。珠美の気持ちが分かる。

(困ってる人を助けられるもん。そんでわたしも嬉《うれ》しいし)

　嘘吐きがたまに漏らす、嘘ではない気持ちが分かる。

「誰も見向きもしない？　人のせいですか」

　ふん、と華子が鼻を鳴らした。わたしは咄嗟《とっさ》に言い返す。

「あなただって全部珠美のせいにして、さっさとけりを付けようとしてるよね？　急いでるの？」

　華子が揺らぐのが、はっきり分かった。

　この仕事を何年もやっていると、どんな仏頂面の人間からでも心理は読み取れる。というより、読み取らないと続かない。

　痛いところを突いたらしい。ここはもう一つ二つ追撃しようか。デートの予定でも入っているのか、とでも。駄目だ。怒らせても何にもならない。

黙って睨み合っていると、彼女は小さく溜息《ためいき》を吐いて、煙草を床に落とした。苛立たしげに踏み付ける。

「……結論を急いだことは認めます」

自分に言い聞かせるようにつぶやく。

「でも、あなたの推論が正しかったとしても、その子のしたことは悪いことよ。自分本位な理由で人々を閉じ込め、結果として死に至らしめている。到底許されることじゃない」

「だから罰しますって？　それ霊能者の仕事？」

「なるほど。口だけは達者なのね」

華子はこれ以上ないほど不機嫌そうな顔をした。わたしは彼女に言い返す。

「伊達《だて》にインチキ霊能者やってないから」

「インチキ……？」

珠美の声がして、わたしは振り向いた。

火傷《やけど》が消えていた。髪も服も元に戻っている。煙草の火が消えたせいか。

何ともなっていない手の中で、キーホルダーが鳴っていた。

「魅姫さん、嘘吐いてたん？」

「うん」

わたしは認めた。

溜《た》め込んでいた胸のつかえが取れた気がした。焦げたにおいはますます強くなっているのに、今までより呼吸が楽になっていた。

「でも、もう吐かないよ。珠美ちゃんが嘘吐いてないから、わたしも嘘吐くのやめる」

偽らざる本音だった。嘘は一つも交ざっていなかった。この子の前で嘘は吐けない。

わたしはインチキ霊能者だ。嘘吐きだ。だから嘘吐きの中にある、小さな真実を信じられる。

「珠美ちゃん、わたしたちを助けたいんだよね」

「うん」

「出口を探してるんだよね」

「うん」

「じゃあ一緒に探そう。どれだけかかってもいい。みんなでここを出よう」

わたしは手を差し伸べた。

「追い回したことをお詫《わ》びするわ。ごめんね」

華子が無表情で詫びる。

珠美は不安げな視線をわたしたちに向けていたが、やがて「しゃーないな」とわたしの手を摑《つか》んで立ち上がった。

それから気の遠くなるほどの時間、わたしたちは出口を探して歩き回った。疲れたら休み、回復したら探索する。その繰り返し。進路に困ったら珠美のおみくじに頼ったりもした。そしてついに、迷宮となった旅館を脱出することができた。

具体的にどうやって出たのか、よく覚えていない。気付いたらロビーにいた。チェックインした六輔光陽閣の一階ロビーだ。大きなガラス窓から差し込む光が酷《ひど》く眩《まぶ》しく、しばらくの間まともに目を開けていられなかった。

部屋に戻り、スマホを手にして、わたしはその場にくずおれた。チェックインした翌日の、午前九時だった。

わたしはテーブルの茶菓子を全て平らげ、お茶をがぶ飲みし、一階に引き返すとお土産コーナーでありったけの食べ物と飲み物を買って、部屋に戻って全て食べ尽くした。それが済むと布団も敷かず、畳に大の字になって眠った。

目が覚めたら夕方になっていた。

赤い空を見ていると少しずつ意識が明瞭《めいりょう》になった。全て夢だったのではないか。結果的に今日一日、仕事をサボってしまったのではないか。そう考えた方が現実的だ。

珠美も、華子も実在しないのだろう。調べる暇はない。明日《あした》は適当に辺りを巡って、それらしく霊視し、それに沿ってお祓《はら》いの真似事をしなければならない。依頼人たちを安心させるために。わたしの「浄化」とはその程度のことだ。少しばかり大袈裟《おおげさ》な、気休めの儀式。

ノックの音がして、わたしは「はい」と立ち上がった。わたしに依頼した、観光協会の偉いさんだろうか。それとも女将《おかみ》か誰かだろうか。

ドアを開けた瞬間、わたしは「あっ」と声を上げていた。黒いパンツスーツを着た薄化粧の鈴木華子が、無表情で立っていた。

「問題は解決しました」

広縁の椅子でそう言うと、彼女は紫煙を吐き出した。テーブルの灰皿に煙草を落とす。

わたしは畳に正座して、立ち上る煙を見ていた。

「この地に立ち込めていた不穏な空気は跡形もなく消え失《う》せた。清浄な香りすらします。もう誰も行方不明になることはない。余程のことがない限りは」

「ええと、分かるものなの？」

「分かります」

「あの子……珠美ちゃんは？」

「ちゃんと死にました。亡くなった七人も迷ったり恨んだりはしていない」

華子はきっぱりと答えた。

あまりに堂々としているので、疑問を持つことすら躊躇《ためら》うほどだった。

「……よかった」

無意識にそう口にしていた。遅れて実感が湧く。

そうだ、本当によかった。珠美はもういない。彼女の魂はもう、あの迷宮で人助けをやり直さなくていいのだ。何の関係もない誰かを、巻き添えにすることもないのだ。

「魅姫さんの推論は正しかった。対応もです」

華子は鼻から煙を吐くと、

「どれだけ時間がかかっても、あの子と一緒にあの迷宮を出る――それがあの子と正面から向き合う、正しい対応だった。わたしは考えもしませんでした。自分の都合ばかりで、あの子を見ていなかった」

「急ぎの用事でもあったの？」

「次の仕事です。延期しようと思えばいくらでもできた。それなのに」

彼女は煙草を灰皿で揉《も》み消すと、

「この件を解決したのは魅姫さんです。いえ――浄化したと言うべきですね。あなたの台詞《せりふ》に倣うなら」

無表情で言った。

わたしを誉めているらしい。そう思った途端、酷《ひど》く恥ずかしい気持ちになった。

「いや、全然。わたしみたいな偽物が、死んだ子供をどうこうなんて」

「できます。死者に相対することに力の有無は関係ない。本物か偽物かで言えば、今回の魅姫さんは間違いなく本物です」

「どうかな」

「ですがまだ充分とは言えない」

華子は立ち上がった。つられてわたしも腰を浮かす。

「どういうこと？　何か足りないの？」

「珠美ちゃんのご両親は火災の後、この町を出ました。いえ、この町にいられなくなった、と言った方がいいでしょう。少なくない人を死に追いやった、人殺しの親だと誹《そし》られて」

酷い話だ。事実無根だ。

「この町では親が子供の嘘を叱る時、『そのうちタマミになるぞ』と言います。嘘が止められなくなった挙げ句、大勢を巻き添えにして死ぬぞ――そう脅すんです。この旅館に来る途中も、そうやって子供を怒っている親を見かけました」

「最低だね」

「ええ。最低です。だから払拭《ふっしょく》してください」

「え？」

「あの子は人を助けようとした、嘘吐きだけど悪い子じゃなかった。そう説いてください。あの迷宮での出来事をそのまま話してもいいでしょう。動画で配信してもいい。どれも戸栗魅姫さん、あなたにしかできないことです」

華子の視線がわたしを射貫《いぬ》いた。

彼女の目を真っ直ぐ見返して、「うん」と大きく頷《うなず》いた。

「ありがとう、波多野さん」

「いえ、こちらこそ」

わたしは仕事の口調で返した。

華子はキャリーバッグを引いて立ち去った。

一人になった部屋で佇《たたず》んでいると、小さな疑問が頭の隅に湧いた。

彼女は何故わたしの本名を知っていたのだろう。迷宮でも呼んでいた気がする。「多生の縁」とも言っていたはずだ。覚えていないだけで、以前どこかで会ったことがあるのだろうか。きっとそうだ。ただそれだけのことだ。考えるに値しない。

今は仕事をしよう。珠美の件を、ちゃんと終わらせる。珠美の望みを叶《かな》えるだけでは足りない。誤解を解き、彼女の汚名を雪《そそ》がなければならない。浄化しなければ。

それがこのわたし――

インチキ霊能者、戸栗魅姫の仕事だ。

火曜夕方の客

一

ウェブマガジン用の原稿を書き終え、担当編集者に送信し寝支度を始めたが、ふと思い立って家を出た。午前二時を回っていた。夏とはいえさすがにこの時間は肌寒い。歩くこと十五分。JR高円寺《こうえんじ》駅南口からほど近い、雑居ビルにある小さなバー「déraciné《デラシネ》」のドアをくぐる。瞬間「おおお」と、薄暗い店内にどよめきが走った。「まさか」「偶然でしょ」「いやこれが夫婦の絆《きずな》っすよ」と、カウンターの酔客が口々に言う。全部で三人。うち二人とは面識があった。

「野崎……何で来たの？」

カウンターの向こうで、カクテルシェイカーを手にした真琴《まこと》が訊《たず》ねた。黒髪パーマにインナーカラーのピンクが目立つ。

「久しく来てなかったからな。どうかしたのか」

「今ちょうど野崎の意見を聞きたいなって、みんなで話してたから」

「俺の？」

「そうなんすよ、何つっても野崎さん、この手の話のプロですもん」

答えたのは手前に座っていた、絵描きの田《でん》青年だった。さっきまで砂漠を旅していたかのような、ひらひらした薄手の服を着ている。彼とは一昨年《おととし》、この界隈《かいわい》を恐怖に陥れた「見えない通り魔事件」で深く関わることになり、今も親しくしている。

俺は彼の隣、ドアから一番近い椅子に腰を下ろした。

「何飲む？」真琴が訊ねた。

「あっ野崎くん、ここわたしが払うよ」

俺が答える前に上島《うえしま》さんが答えた。三人の真ん中に座っている。同世代——三十代半ばのはずだが、常に十七歳を自称する、舞台役者で濃い顔の女性。この季節なのに革ジャンを羽織っていた。

「自分も払いますよ」田青年が上機嫌で胸元を叩《たた》く。「昨日、似顔絵がやけに売れたんで。それにほら、プロの知識を無料《ただ》で寄越《よこ》せって、絶対ナシじゃないすか」

「テレビ屋の皆様方に聞かせてやりたいよ」

何度か経験した骨折り損の仕事を思い出しながら、俺はハイネケンの瓶を頼んだ。

「でね」

瓶を俺の手元に置くなり、真琴が口を開いた。

「簡単に言うと、こちらの幾原《いくはら》さんが妙な体験をしてて」

「どうも、幾原です」

上島さんの傍らに座っていた奥目の中年男性が、浮かない顔で名乗った。かなりの痩《そう》身《しん》と日に焼けた肌、禿頭《とくとう》と深い皺《しわ》のせいで、マラソンランナーか修行僧のように見える。服装は無地の白Tシャツにジーンズで、この三人の中では最も地味だ。この男は——

「失礼ですが、たしか新高円寺の外れのバーで、間借りカレーをやってらっしゃる……」

「そうです」幾原は答えた。『『いくお』の店主です。流行《はやり》に乗っかり他人様《ひとさま》の店に寄生して、どこにでもあるカレーをぼったくり価格で売らせてもらってます」と自虐する。

「とんでもない。美味《おい》しかったですよ、〝おふくろの味カレー三日目〟。二日連続で行きました」

「えっ、本当に？　お世辞や嘘ではなく？」

「本音と事実です」

俺はきっぱりと答えた。いやあ嬉《うれ》しいなあ嬉しいなあ、と幾原は照れ笑いで頭を掻《か》いていたが、上島さんに肩を叩かれて真顔に戻った。そうだ。真琴によると彼は妙な体験をしていて、俺に意見を求めているらしい。

「実はですね……」

幾原は手元のグラスを見つめながら、訥々《とつとつ》と語り始めた。

店舗を空き時間だけ間借りして営業する飲食店が、ここのところ増えている。間借り店舗、間借り営業と呼ぶらしいが、都内ではその業態でカレー屋を営むところが多く、俺の生活圏内にもいくつかオープンしていた。

以前から自分の店を持ちたいと思っていた料理人の幾原は、その前段階として間借り営業を思い立った。そんな時、「無国籍バー立石《たていし》」のマスターと縁ができ、店舗を平日の昼間だけ借りてカレー専門店「いくお」を開く運びになった。開業したのは今年――二〇一八年の頭。カレーは数種類用意したが、どれも税込みで一皿五百円と安価だった。

「最初は連日、閑古鳥が鳴いていました。店はお洒落《しやれ》だけど、僕の出すものは全然お洒落じゃないから」

「いくお」のカレーは端的に言うと、家庭料理のカレーだった。もちろん味は流石プロの仕事で、素人に真似のできるものではないが、如何《いかん》せん地味だった。焼き野菜が大量に載っているわけでも、盛り付けやルーの色が個性的なわけでもない。もちろん徒《いたずら》に辛さを追求したものでもない。グルメサイトに湧いた評論家気取りが「パンチに欠ける」「インパクトがない」と手垢《てあか》まみれの言葉で斬り捨てる、そんなカレーライスだ。

だが幾原はメニューを変えず、自分の出したいカレーを出し続けた。足繁《しげ》く通う客も少しずつだが増えていった。初めて閉店時刻より前にルーが無くなったのが五月の頭で、そこからは盛況が続いているという。

「長く、苦しい日々でした」

「どこが？　むしろ順調でしょ？」と上島さんが笑う。俺も同感だった。そこまで苦戦はしていない。

「で、いつからでしたっけ」と田青年が軌道修正し、幾原は再び話し始めた。

六月に入ってすぐの、火曜の夕方だった。幾原は一息ついていた。ホールのアルバイトをエアポケットのように客足が途絶え、幾原は一息ついていた。ホールのアルバイトを二人雇っているが、この日の当番は風邪で休んでおり、もう一人は連絡が付かず、開店から一人で切り盛りしていた。各国の民芸品や雑貨が所狭しと並んだ、無国籍というより多国籍の店内をぼんやりと眺めていた。

ふと気付くと、一人の女性がドアの前に立っていた。

酷《ひど》く痩《や》せていた。顔はボサボサの長い髪に隠れ、年齢は定かではないが、それでも血色が悪いのは分かった。寝間着のようなグレーのスウェット地のワンピースを着ていた。

乾いてささくれ立った唇が開いた。

「……カレー、五百円。看板が、出てた」

消え入りそうな声だった。

「ええ、カレー屋です。いらっしゃいませ」

お好きな席にどうぞ、と幾原は店内を手で示した。彼女はよろよろと歩いて、カウンターから一番離れたテーブルに着いた。酷くぎこちない、危なっかしい歩き方だったという。

「こんな感じらしいっすよ」

田青年がスケッチブックを掲げた。

一枚目は女性客の全身像、二枚目は歩く様のクロッキーだった。話を聞いてイメージした以上に痩身で、歩き方も不自然だった。おまけに――

「言っちゃ悪いが、かなりの胴長だな」

「幾原さんに言われたとおり描いたんすよ」

「本当にこんな感じでした」幾原が頷《うなず》いた。

女性客は看板メニューの「おふくろの味カレー三日目」を注文した。幾原が皿に盛って届けると、彼女は皿に顔を近付け、まじまじと見つめた。それとなく様子をうかがっていたが、数分はその姿勢だったという。

次に幾原が目を向けた時、彼女はスプーンを手に遠くを見ていた。スプーンの先端にはカレーが少し付いていて、皿のカレーは隅を一掬《ひとすく》いした形跡があった。

あまりにも不味《まず》くて怒りに震えている、と幾原は震え上がった。席を立って帰るか迷っている、そんな風にも受け取った。

厨房《ちゅうぼう》で悲嘆に暮れていると、彼女と目が合った。手招きされ、慌ててテーブルへと向かう。クレームを付けられる覚悟で「如何《いかが》なさいましたか」と訊ねると、女性客はこう答えた。

「同じの、もう一人前。持ち帰りで」

「えっ？」

「これも一緒に、包んで」

彼女は一口だけ食べたカレーを指した。

偶然にも翌週から試験的にテイクアウトを始める予定で、使い捨ての食器と持ち運び用の袋は全て揃っていた。

彼女は千円札一枚を出してカレーを受け取り、テーブルに着いた時と同じ、ぎこちない歩みで店を出て行った。


「ここまでは普通、ですよね」

幾原の問いかけに、俺は「ええ」と率直に答えた。

妙な要素は何一つない。女性客は不健康そうで身なりに気を遣わず、どうやら足が不自由なようだが、それを不審者と呼ぶべきではないだろう。俺がそう伝えると、幾原はグラスの中身を一息で干し、こう言った。

「それからそのお客さん、毎週来るようになったんです。火曜の夕方に」

二

毎週火曜の五時から、閉店する六時の間のどこかで、女性客は「いくお」を訪れた。行動は判で捺《お》したように同じだった。

いつのまにかドアの前に立っている。

ふらふらと席に着き、「お袋の味カレー三日目」を注文する。

用意された皿をまじまじと見つめ、一口食べてうっとりし、もう一皿注文して、自分が口を付けたものと一緒にテイクアウトする。支払いは必ず千円札が一枚。

また、彼女が来る前後は必ずと言っていいほど、客足が遠のいたという。

彼女の来店は週に一度、二ヶ月半、十回繰り返された。そして直近の火曜――一昨日《おととい》のこと。

「今日はお金、持ってなくて」

注文を聞きに行った幾原に、彼女はそう告げた。

「来週は多分、払えます」

髪の間から覗《のぞ》く目は、深い悲しみに満ちていた。

「いや、ツケはちょっと……」

「じゃあ、これ」

彼女が差し出したのは金色のネックレスだった。昔のBボーイかヤクザが着けていそうな男物だったが、金製でないのは光沢で分かった。

「お金に換えてください。換えられますよね」

冗談ではなさそうだった。

本気で無銭飲食する気なら、注文する前にこんな風に打ち明けたりするだろうか。幾原は少し考えて、「じゃあ、次にご来店くださった時に」と言って厨房に引き返した。

その先の彼女の行動はそれまでと同じだったが、合間合間に「すみません」「ありがとう」と涙声で繰り返した。

彼女が店を出ると、幾原はアルバイトに店番を任せ、後を尾《つ》けた。

カレーの入った袋を大事そうに抱えて、彼女は住宅街の狭い道をぎくしゃくと歩いていた。何度か角を曲がったところで、幾原は彼女を見失った。彼女が壁に隠れ、視界から消えたのはほんの数秒だった。

溜息《ためいき》を吐いた幾原はそこで気付く。彼は壁に手を突いていた。壁は高さこそ二メートルかそこらだったが、道のずっと先まで続いていた。頭の中に地図が浮かんでいた。

この壁の向こうは、墓地だ。

あの客は、ここで姿を消した。

まさか——

いつの間にか日は暮れ、空はやけに毒々しい青紫色に染まっていた。ねっとりと温《ぬる》い風に頬を撫《な》でられる。

幾原は全速力で引き返した。ずっと背後が気になって仕方がなかった。店に戻るまでの十数分が、数時間にも感じられたという。

「え、ゲリラ豪雨ですか？」

店でアルバイトに訊《き》かれて初めて、幾原は滝のような冷や汗をかいていることに気付いた。

「……というわけなんですよ」

幾原はぶるっと身体を震わせた。沈黙を破ったのは上島さんだった。

「野崎くん、これアレだよね、有名な怪談」

「〝子育て幽霊〟のことなら、そうですね。飴《あめ》買い幽霊と呼ぶところもありますが。どちらにせよ今の話と似ています」

「ほら」

「そういう話があるんすか」

田青年の質問に俺は頷いて返した。

子育て幽霊。

飴を売る店に、ある日を境に毎晩、女性客が来るようになる。彼女は暗くなると現れ、戸を叩《たた》き、一文銭を出して飴を求める。店主は不審に思いながらも飴を売る。

だが七日目の晩、彼女は「もうお金がない」と飴を無心する。ここからの途中の流れには幾つかバリエーションがあるが、色々あって店主は「女性客は先日、この近くで行き倒れになった妊婦の幽霊ではないか」という仮説を立てるに至る。彼女は近くの寺の墓に埋葬されていた。棺桶《かんおけ》には住職が六文銭を入れておいた。三途《さんず》の川の渡し賃だ。

皆で墓を掘り起こすと、棺桶には飴を買いにきた女性の遺体があった。遺体は生まれたばかりの赤ん坊を抱いていて、赤ん坊は飴を舐《な》めていた。皆は女性を手厚く葬り、赤ん坊は寺に預けられた。

赤ん坊はすくすくと育ち、後に徳の高い僧になった――という後日談で、物語は締め括《くく》られる。「髪や眉《まゆ》が生まれた時から真っ白だった」という特徴が赤ん坊に付与されているパターンもある。聖人は外見からして特異に違いない、という考え方は大昔からあって、これもその典型だろう。孔子《こうし》は生まれた時から頭頂部に大きな凹《へこ》みがあったとか、成長して二メートルを超える大男になったとか、そんな伝説は枚挙に遑《いとま》が無い。

幾原の体験は「真相」のパートこそないものの、たしかに子育て幽霊に似ていた。

だが。

「まあでも、子育て幽霊は日本の、実際の出来事に由来する話じゃありませんよ。作り話とまでは言いませんが」

「そうなの？」上島さんが目を丸くする。「京都で本当にあったんじゃないの？　わたし旅行した時、飴買ったよ。その時の飴ですって謳《うた》ってるお店で。茶色くて角張ってて、べったりした味だった」

「売ってますね。ですが、似たような話は全国に伝わってるし、そんな風に生まれましたって伝説のある高僧も、これまで何人もいらっしゃる」

「あらら」

「そもそもを言うと、この話は中国の怪談をアレンジしたものです。元の話は宋《そう》の洪邁《こうまい》って学者の『夷堅志《いけんし》』って本に記録されている。だから日本とは何の関係もないんです」

「そうなんすか」と田青年。

「原典じゃ女性は飴じゃなくて餅《もち》を買うし、赤ん坊を抱いて現れる。しかも時系列に沿って書かれているから意外性も何もあったものじゃないし、赤ん坊の後日談もない。ついでに言うと怪異の解釈も違っている。所変わればというか」

「解釈？」

有り難いことに、真琴が絶妙な疑問を差し挟んだ。

「ああ。原典では餅を買いに現れるのは『女性の幽霊』じゃなく、『女性の死体』という解釈がされているように読める。我が子への強い思いが死体の腐敗を止め、おまけに夜な夜な動かしている、と。だから真相を知った人々は赤ん坊を助け出すとともに、女性の死体を焼いてしまうんだ」

「それで解決っすか？」

「うん。あくまで差異であって優劣じゃないけど、あっちはだいぶ豪快だろ」

「そっすねえ」

田青年は苦笑し、俺はビールを一口飲んだ。

「ついでのついでに言うと、時代から考えて子育て幽霊が買う飴は、水飴を練って竹串《たけぐし》に刺したものでしょう。飴細工の前段階、と説明すればいいのかな」

「じゃあ京都のは真っ赤な……」と上島さん。

「まあ、『クレアおばさんのクリームシチュー』と同じ距離感で受け止めるのが平和でいいんじゃないですか。自分はあの飴、好きですよ。素朴な味で」

中学の頃だったか、遠足で買ったのを懐かしく思い出した。

おずおずと幾原が口を開いた。

「ということはですよ、あの、火曜夕方のお客さんは……？」

「俺が言えるのは――子育て幽霊と似ているから、という理由で怖がる必要は一切ない、ってことくらいですかね。尾行中に見失ったのも単なる不運と考えられる。墓地の近くはごく普通の住宅街です。少し変わった女性がその界隈《かいわい》に住んでいる、と見做《みな》しても何の矛盾もない」

「ですかねえ」

「百歩譲って子育て幽霊が実話だったとしても、今じゃ同じことは起こり得ない。火葬が当たり前になった現代日本では」

「ああー、そうか」

「そうです」

俺はまたきっぱりと言った。

「だよねえ、よく考えたら変なとこあるもんねえ、その怪談。リアルじゃないっていうかご都合主義っていうか」

上島さんが肘《ひじ》を突いて言った。

「子供が不憫《ふびん》なら餅だの飴だの買いに歩くんじゃなくて、身近な人に事情を話せばいいもんね」

「もう母性オンリーってことじゃないすか。とにかく子供を生かすことだけ、みたいな」

「でも『飴を売ってください』とかは言えるんだよ？　じゃあ『このお墓を掘って』

『子供がまだ生きています』も言えるでしょ。たしか赤ん坊の泣き声が夜な夜な墓から聞こえる、ってバージョンもあるよね？　野崎くん」

「ありますね」

「ほら、だから素直に説明しときゃ、もっと早く解決してたんだよ。飴なんか買ってる場合じゃないの」

「幽霊に厳しいっすねえ」

「真琴はどう思う？」

俺は訊《たず》ねた。この世の理屈なら、俺の説明でとりあえずは充分だ。だがこの世のものでないなら真琴の領分だ。

彼女は少し考えて答えた。

「野崎ので合ってると思う」

「本当に？」

「うん」

霊的なものは何も感知しない、ということに違いない。そう思っていると、彼女は不意に弛《たる》んだ笑みを浮かべた。

「というかね、全然分かんないの。わたし今、けっこう酔っ払ってて」

ふらふらと頭を揺らす。

「そうなの。愚痴聞いてあげてたら真琴ちゃん、すごいピッチで飲み始めたの。一通り聞いたところで、幾原さんがお客さんの話始めて」

「野崎さんの愚痴っすよ」

「俺の？」

「いろいろ聞いちゃったあ」

上島さんと田青年が意味深に目を合わせる。幾原は「いやあ、何だか気分が晴れましたよ、ありがとうございます」と、すっきりとした表情で礼を言う。

「真琴、愚痴って何だ」

「さあね」

真琴はふわふわと笑って、トイレに引っ込んだ。

三

朝まで「déraciné」で取り留めのない話をし、半分寝ている真琴を担いで帰宅した。

全身に筋肉痛が来たのは翌々日のことだった。

直後から急な原稿依頼が舞い込んだり、取材であちこちに出かけたりで慌ただしくなった。そんな生活の中で、火曜夕方の客については徐々に頭から消えていった。間借りカレー店「いくお」を訪れる、奇妙な客については。

再び「彼女」について聞いたのは、十月も半ばを過ぎたころだった。

「最近は火曜じゃなくても来てるっぽいよ」

午後三時。寝起きの真琴は顔を擦《さす》りながら言った。

「よっぽどあの店の味が気に入ったんだな」

「それがね、入り口にふらっと顔を見せるだけの日もあったりとか。あと、幾原さんとバイトの子以外には誰も見えてないとか」

「何だって？」

俺はノートパソコンから顔を上げた。

「どういうことだ。本物ってことか？　ただの変わった客じゃなくて」

「わたしにもよく分かんないんだよね」真琴は頭を掻《か》いた。「あれから幾原さんには全然会ってなくて、その話も上島さんとか田くんとか、お店に食べに行った人たちから聞いたの。ネットでも話題になってる。『幽霊も通う絶品間借りカレー』みたいな感じで」

「店主は？　けっこうな怖がりに見えたけど」

「聞いた話だと、受け容《い》れてるっぽいんだよねえ。お客さんが幽霊について訊ねたら『気に入ってもらえたなら、どんな方でも嬉《うれ》しいです』みたいなこと言ってたって。キリッとした顔で」

「達観したってことか」

「どうだろう。ぜんぶ聞いた話だから」

「真琴の見解は？」

「いや、特に……お客さんから話聞いてても、特に何も感じなかったし」

「じゃあやっぱり偽者——人間ってことか」

「どうなんだろう」

ペットボトルの水を飲むと、

「うっすらとだけど、変な感じがする。嫌な予感とまでは言わないけど」

深刻な表情で言った。

真琴の勘は当たる。会うべき人間の家に勘だけで辿《たど》り着いたこともある。勘で対策しておいたおかげで、超自然的な危機を回避できたこともある。今回の「いくお」の件も、先回りして動いた方がいいかもしれない。

だが——

「日のある時間に、カレー屋さんには行きづらいなあ」

真琴はクーッと声を上げた。

彼女は昼間、滅多なことでは表を出歩かない。鳥がたくさん寄ってきて厄介だからだ。ハト、スズメ、カラス、その他の野鳥。二十歳くらいの頃、動物園に行った際は熱帯の鳥たちが一斉に暴れ出して、園内が大騒ぎになったらしい。

力を手に入れた代償、弊害だと本人は見做しているが、実際のところは分からない。いずれにせよ、彼女は原則、晴れた日の外出を避けている。飲食店なら尚更《なおさら》行きたがらない。

俺と真琴は雨天を除いて、昼間に外食したことは一度もなかった。

だから、と言っていいのだろう。正直、「いくお」とは距離を感じた。そこまで首を突っ込む気になれなかった。味はいいがそれだけだ。二度足を運び一度店主と話をした、それだけの関係。

「静観していてもいいんじゃないか」

「そう、だね」

しぶしぶ、といった様子で真琴は頷《うなず》いた。

「気にするな。そもそも解決を依頼されたわけじゃない。実際、今の幾原さんはトラブルだと思ってもいないようだし」

「うん」

「むしろ噂で繁盛してるんだろ」

その場でSNSを開いて、ザッと確かめる。怖がる人間もいるにはいるが、大半は「面白そう」「行ってみたい」と好意的なものだった。「幽霊が来た！」「店員が誰もいないテーブルにカレーを届けた！」と報告しているアカウントもいくつか見付かるが当然真偽は定かでなく、世間的にはネタとして消費されているらしい。

「まあねえ。そうなんだけどねえ」

煮え切らない態度に耐えかね、俺は妥協案を出した。

「どうしても気になるなら俺が行ってみるよ。来週……いや、再来週になりそうだけど」

「ありがとう。ごめんね」

「謝るところじゃない」

俺は仕事に戻った。真琴はシャワーを浴びて化粧をし、軽く食べて「déraciné」に向かった。


店にいる真琴から電話で叩《たた》き起こされたのは、翌週木曜、深夜三時のことだった。

「さっき田くんに聞いたんだけど、幾原さん、お店で倒れたんだって。いま入院してる」

ヤブで有名な、隣町の総合病院の名前を挙げる。俺は眠気に呻《うめ》きながら返す。

「……繁盛しすぎたってことか？」

「違うの。こないだの火曜の夕方にね、バイトの子が買い出しに行って、戻ってきたらレジのとこで倒れてたんだって。それだけじゃなくて……」

彼女の声には不安と後悔が滲《にじ》んでいた。

「幾原さんの側に、千円札が落ちてたって。あと辺りにルーとか、ご飯とかちょっと零《こぼ》れてて。それでね、幾原さん、バイトの子に『罰が当たった』って言ったらしくて……これって」

俺はベッドから飛び起きた。眠気は跡形もなく消え失《う》せていた。

その日の午後二時。

幾原の病室は入院病棟三階にある、古びた個室だった。命に別状はないらしい、と聞いていたが、ベッドに座る彼は明らかに萎《しぼ》んでいた。前回会った時より更に痩《や》せさらばえていた。怯《おび》えた表情で俺たちを見上げる。

幸いと言うべきか、外は今にも降り出しそうな曇り空だった。カーテンの向こうからカラスの鳴き声がずっと聞こえているが、数は少ない。

「罰が当たった、と仰《おっしゃ》っていたそうですが」

挨拶《あいさつ》や見舞いの言葉もそこそこに、俺は訊《たず》ねた。幾原は自分の手元に視線を落として黙っていたが、やがて顔を上げた。

「……どうしてくれるんですか」

「え?」

「何が『怖がる必要はない』ですか。何が変わった人ですか。そんなんじゃなかった。あ、あれは、全然……」

ガタガタと震え出す。

「何があったんですか」

真琴が訊ねた。幾原が答えたのは二分かそれ以上経った頃だった。

「五時半くらいに、来たんです。他にお客は一人もいなかった。偶々《たまたま》バイトの子も外してて、僕はワンオペで」

「ええ」

「途中までいつもどおりでした。〝三日目〟を注文されて、一口食べて。僕を呼んで、テイクアウト頼んで」

「そこからが違う？」

「カレーをお渡しして、お会計しようとした時です」

レジ代わりのタブレットを叩いていると、彼女が口を開いたという。

「……これは？」

彼女が指したのは、レジ横に置かれたノートだった。客が感想や意見を書くために幾原が備えつけた、掌《てのひら》サイズの小さなノート。

幾原は簡単に説明して、レジ打ちを再開した。金額はとっくに把握していたが、打ち終えてから「千円です」と声に出し、そこで異変に気付く。

女性はノートを食い入るように見つめていた。細い手に力がこもっていた。

「この、ここに、書いてある、ユウレイって」

つっかえながら言う。

「わ、わたし……？」

髪の毛の奥で、乾いた唇が震えていた。

何人かの客が「ユウレイに会えなかった」「ユウレイに会いたい」などと書いていたことを、幾原はここでようやく思い出した。必死に弁解の言葉を探す。

「いや、ええと、それはですね」

「言ったの?」

「え?」

「ここに、来てるって、言ったの? バラしたの?」

「いや、バラしたというか、自然とバレたというか」

「何で……」

絶望に満ちた声で、彼女は言った。頭を肩にめり込ませて、レジ前に立ち尽くす。ノートがパンッと床に落ちた。

ぎろり、と髪の毛の間から、彼女が睨《にら》み付けた。

凍り付くような悪寒が、幾原の全身を駆け抜けた。

次の瞬間、幾原は強烈な目眩《めまい》と吐き気に襲われた。視界が回転し、天地の区別も付かなくなる。

無意識に伸ばした手が、カレーの入った袋を掴《つか》んだ。駄目だ、転ぶ——と思った時には、もう床に倒れていた。

彼女の足が見えた。

異様なまでに痩せ細り、血管が浮いていた。ぶかぶかのサンダルを履き、汚れた爪がこちらを向いている。

見ているとまた凄《すさ》まじい悪寒に襲われ、幾原は意識を失った、という。

「いるんですよ、ああいうのは。ああいう恐ろしいモノは。今まで信じてなかったけど、おたくは馬鹿にするでしょうけど、いるんです」

「いえ、決して馬鹿になどは」

「もう遅いです」吐き捨てるように幾原は言った。すぐに激しく頭《かぶり》を振る。「すみません。いや……ええ、一番悪いのは自分ですよ。目先の儲《もう》けに囚《とら》われて周りの言葉を鵜呑《うの》みにして、挙げ句あんな、あんな馬鹿みたいな宣伝……」

「宣伝？」

俺の質問に幾原は口を噤《つぐ》んだ。「ひい」と布団を頭から被《かぶ》って縮こまる。何度呼びかけても、彼が再び口を開くことはなかった。

真琴が「縛られてる」と俺に耳打ちした。

「見えるわけじゃないけど、感じる。強い力が蛇みたいに、胸のところに絡まってる」

「火曜夕方の客は本物だった、ってことか」

「うん。ユウレイだと思う」

真琴は後悔の表情を浮かべて言った。

不安の雲が胸の内に広がった。

「何とかならないのか」

「やってるけど、あんまり。幾原さんの心のスキマがどうこうって話でもなさそうだし、元を断った方がいいかもしれない」

「元、か」

背後に気配を感じ、俺は振り向いた。

ドアが僅《わず》かに開いていた。隙間から上島さんが、ばつの悪そうな顔で覗《のぞ》き込んでいた。

「何か……ご存じなんですか」

真琴が穏やかに問いかけると、上島さんは観念したように頷《うなず》いた。

四

「これ、わたしが言い出したことなの」

病院からほど近い喫茶店の、隅のテーブル。席に着くなり上島さんは言った。そしてこちらが促す前に話し始めた。隠したり、誤魔化したりするつもりは微塵《みじん》もないらしい。

「déraciné」で俺と話した翌日。彼女は軽い気持ちで考えた。火曜夕方の客、というより「幽霊」を、宣伝に利用できるのではないか、と。

例えば、店員が誰もいない席に水を置き、次いで注文を聞き、カレーを持って行って「ごゆっくりどうぞ」と話しかければ、周りの客は「幽霊がいる」と想像を巡らせるのではないか。

戸口にそれらしい人影がちらりと見えれば。

SNSで「あの店で見た」という投稿がいくつもあれば。

そうしたことが積もり積もれば、「いくお」は幽霊も食べに来るカレー屋として噂になるのではないか。

彼女は幾原に、この宣伝戦略を冗談で持ちかけた。

冗談――彼女は確かにそう言った。

「決まってるでしょ。だってあのお店、繁盛してるもん。だから真面目に受け取るわけないと思って。やるとしても一回お客さんにドッキリでやってみて、すぐ種明かしして終わり、とか。そもそも客イジリでしょ、これ。客商売としてアウトじゃん」

だが。

「déraciné」で話した時の印象どおり、幾原は自分の商売に自信が持てずにいた。常に不安に駆られ、摑む必要のない藁《わら》を摑もうとしていた。だから上島さんが冗談で言い出したことも大真面目に受け止め、実行した。

SNSアカウントを幾つも作り、「いくお」での幽霊の目撃情報を投稿した。混んでいても誰も座らせない席を一つ設け、そこに声をかけ、配膳《はいぜん》した。

上島さんは「戸口に立つ霊」を何度かやらされたという。

「グレーのワンピース着て髪の毛ボサボサにして顔隠して、一瞬ちらっと中を覗く、っていう小芝居をね」

幾原があまりに必死で頼むので、断れなかったという。

厄介なことに、冗談から始まった宣伝は、それなりに効果を上げてしまった。幽霊目当ての客が来るようになったのだ。幾原は気をよくして幽霊のいる芝居を続け、上島さんも戸口に立った。

「わたしが言い出さなかったら、幾原さんもこんなことには……」

上島さんは最後まで言わずに項垂《うなだ》れた。

罰が当たった――

幾原が口にしたという言葉の意味が、これではっきりした。真琴が「いくお」の噂や評判を人伝《ひとづて》に聞いても、何も感じなかった理由も分かった。

「俺が子育て幽霊の話をしたせい、ですか」

「いや、野崎くんのせいにするつもりは全然ないよ。ないけど……正直、京都の飴《あめ》のことは頭にあった」

「そうですか」

やはりか。俺は後悔していた。

俺の饒舌《じょうぜつ》が上島さんに妙な考えを起こさせ、俺の無関心が遠因となって幾原は恐ろしい目に遭い、入院した。霊障は今も彼を苦しめている。

「どうしよう。何かヤバいものに触れちゃったのかな、それで幾原さんが」

そう呟《つぶや》く彼女の顔は蒼白《そうはく》だった。

何とかしなければ。今更かもしれないが、手を打たなければならない。であれば。

上島さんに礼を言って帰してから、俺は真琴に訊《たず》ねた。

「真琴、火曜夕方の客はどこから来るんだ？」

幽霊であれ化け物であれ、真琴は関係者と会えば何となくその足取りが分かるらしい。足取りが分からない場合でも距離は摑める、とも言っていた。遠くから来るか、或《ある》いは近くから来るか。超自然の存在を〝線〟で認識できるわけだ。

「ぼぎわん」や「ずうのめ人形」と関わった時のことを思い出していた。

「うーん」

真琴は首を傾げた。

「変なんだよね」

「変？」

彼女は悩ましげに目を細めて言った。

「今回のは分からない。辿《たど》れないって言った方がいいかも。分かるのは、幾原さんがお店で、人じゃない何かに会ったってことだけ。〝点〟なの」

初めてだよこんなの、と頰を搔《か》く。

俺も初めて聞く話だった。これは何を意味するのか。カレーを一口だけ食べ、二人分テイクアウトして帰る幽霊。滑稽《こっけい》といえば滑稽だが、だからといって出鱈目《でたらめ》であっていいはずがない。店を訪れて去る幽霊が、〝点〟でしか感知できないはずが——

「待て。一つ可能性があるぞ。まずはそこを当たろう」

「そこって？」

「店舗だ。幽霊なり化け物なりが、端《はな》から店にいた可能性がある」

真琴が顔を上げた。俺は頷いて続ける。

「例えば『無国籍バー立石』の備品や民芸品の中に、曰《いわ》く付きのものがあった。マスターは大事に扱っていたが、幾原はそれを知らず刺激して、封じ込められていた幽霊だか化け物だかが解き放たれた——という仮説はどうだろう。火曜夕方の客は、間借り営業のせいでこの世に現れたんだ」

この仮説なら、真琴が〝点〟でしか感じられなくてもおかしくない。後を尾《つ》けた幾原が見失ったのも、幽霊が店に引き返したから、と考えられる。

「行こう」

言うなり真琴が勢いよく立ち上がった。

真琴は「無国籍バー立石」のマスターに事情を説明し、訳ありの民芸品の有無を訊ねた。俺は再び幾原を見舞いに行き、聞き取りをした。彼は迷惑そうにしていたが、辛抱強く説得すると少しずつ心を開いてくれた。

いずれも収穫はゼロだった。

バーの定休日である日曜の夜。俺と真琴は店に出向いてマスター立ち会いのもと、店内にある物を片っ端から調べた。四時間近くかかったが、こちらも何も見付からなかった。真琴は何も感知せず、俺の知識に引っ掛かる物も見当たらない。

「あー、何でだろ」

片付けの途中、真琴が店の床に大の字に寝そべった。それまでちびちびやっていたマスターは、カウンターで居眠りをしている。

「わたし、全然駄目だなあ」

「お前は悪くない。俺の仮説が間違っていただけだ」

理屈で励ましたが、真琴は沈んだ顔のままだった。俺も単純に疲れていた。

幾原が入院して三日が経っていた。容態は悪化こそしていないものの回復もしておらず、「いくお」は臨時休業が続いている。

次の手が思い付かなかった。ヒントを見落としていないか。それとも今までの幽霊や化け物のパターンに当てはまらない、新しい何かと見るべきか。

困っていると物音がした。

真琴が床に腹這《はらば》いになっていた。床板に顔を擦《こす》り付けるようにして、出入り口の方を睨《にら》んでいる。

「どうした」

無意識に声を潜めていた。音を立てないようにそっと、真琴の傍らに跪《ひざまず》く。

ややあって、真琴が嗄《しゃが》れた声で答えた。

「足跡……」

俺は目を凝らしたが何も見えなかった。床板は古びてはいるが清潔で、埃《ほこり》一つ落ちていない。

「違う、普通のじゃない。わたしも、この角度からじゃないとほとんど見えない」

「例の客のか」

「多分ね。幾原さんを縛ってるのと、同じ感じがする」

真琴は床に手を突いて、

「外に向かってる」

「辿れるか」

「やってみるよ。でも」

身体を起こしながら、

「初めてだよ。こんなに、こんなにぼんやりしたユウレイは。気配が見えない、違うな……気配を消してるみたい」

と言った。

五

深夜一時を過ぎていた。

俺たちは夜道を歩いていた。真琴は老婆のように腰を折って、彼女にしか見えない足跡を必死に辿っていた。彼女のジーンズの後ろ、ベルト通しを掴《つか》んで支えながら、俺は周囲に目を配っていた。

右手に長い壁があった。墓地だ。幾原が客を見失った辺りまで来ている。

「やっぱり墓に向かってるのか？」

訊ねたが真琴は答えなかった。よほど集中しなければ、足取りを感知できないらしい。

この時間に外を歩く人々に奇異の目で見られ、公園でたむろしていた若者がスマホを向けるのを睨み付けて牽制《けんせい》し、俺は真琴の追跡をサポートした。車一台通るのがやっとの狭い路地に入り、何度も角を曲がり、唐突に現れたコインパーキングを通り過ぎたところで、真琴が足を止めた。痛てて、と呻《うめ》きながら身体を起こす。

「ここ」

目の前にあったのは、古い木造の二階建てアパートだった。暗い中に輪郭だけが浮かび上がっている。狭い駐輪場には錆《さび》だらけの自転車と原付が並び、傘の残骸《ざんがい》や濡《ぬ》れた紙屑《くず》が散乱していた。

傾いてベコベコにひしゃげた集合ポストは殆《ほとん》どが養生テープで塞《ふさ》がれ、残りは大量のチラシが突っ込まれていた。真琴は一度屈《かが》んで一階の廊下を確かめたが、すぐ立ち上がって階段を上り始めた。

彼女が足を止めたのは二階の、一番奥の部屋の前だった。窓を覆う格子に、埃まみれのビニール傘が何本もぶら下がっていた。カーテンが下りていて室内は見えない。

真琴は躊躇《ためら》うことなく呼び鈴を鳴らした。しばらく待ってまた鳴らす。何度か繰り返したがドアが開くことも、中で灯《あか》りが点《つ》くこともなかった。

日中にするか、と真琴に声をかけようとした、まさにその時。

出し抜けに真琴がドアを蹴《け》った。

体重を乗せて足の裏で踏み抜く、俗に「やくざキック」と呼ばれる蹴りだった。薄い合板のドアが、ベキベキと音を立ててひしゃげる。あまりにも突然の事に、俺は全く反応できなかった。

再び真琴が足を振り上げた、まさにその時。

強烈な目眩《めまい》と吐き気が俺を襲った。立っていられなくなり、あえなくその場に膝《ひざ》を突く。真琴も口元を押さえながら、ペタンと尻餅《しりもち》を搗《つ》いた。

廊下に座り込み、並んで藻掻《もが》いていると、

「来ないで」

声がした。

幽《かす》かで弱々しい声だった。

聞いただけで体温が下がった。息まで白くなった気がした。寒気とともに俺は悟った。

俺は今、幾原と同じ目に遭っている。

さっきの声は、この世のものではない。人の声帯から発せられる、空気の振動ではない。

声でない声は室内──ドアの隙間から聞こえていた。

「何もないです。大丈夫です」

やけに棒読みで、感情が一切感じられない。

「……大丈夫じゃないよね？」

真琴が這《は》うようにドアに縋《すが》り付いて言った。暗闇の中で辛うじて顔が見える。目に確信の光が宿っていた。

「週に一回なんて、ぜんぜん大丈夫じゃないよ。気付いてるでしょ？」

「平気です」

「じゃあ、このままでいいと思う？」

返事はなかった。

戸の向こうで気配がする。何かが擦れる音がする。

「ここ、開けてほしいな」

真琴が笑顔を作った。

「怖がらなくていいよ。誰も怒らない」

ドアの取っ手を掴む。

「お願い」

搾り出すように言う。

ふっ、と悪寒が身体から剝《は》がれ落ちた。

カチャンと鍵《かぎ》の外れる音がした。現実の音だと感覚で分かった。

「ありがと」

真琴が立ち上がって、勢いよくドアを引き開けた。

夜闇より暗い闇が、四角く口を開けていた。

俺はスマホを引っ張りだし、ライトを点けて室内に翳《かざ》した。照らされた壁のスイッチを真琴が押す。電気は点かなかった。何度カチカチ鳴らしても、部屋は暗いままだった。

奥にライトを向けて俺は目を見張った。

室内は荒れ放題だった。カップ麺《めん》や弁当の容器、新聞紙や割り箸《ばし》の袋が床に散乱し、足の踏み場もない。壁際には段ボール箱が積まれていた。ゴミで充満した流しからは複雑な腐臭が漂っていて、咄嗟《とっさ》に口元を押さえる。

誰もいなかった。

二人でスマホのライトをあちこちに向けたが人の姿はなく、ゴミ屋敷の細部が明らかになるばかりだった。

靴のまま上がり込み、何度もゴミに足を取られながら奥に進む。真琴が半分開いたガラス戸を全開にして、そのまま中に足を踏み入れる。後を追った俺の鼻を、場違いな匂いが、いや――香りがくすぐる。

カレーの香りだった。

「やっぱり……」

真琴が涙声で言った。

彼女のライトの光が差す方に目を向けて、俺は息を呑《の》んだ。

変色した布団が敷かれていた。

辺りには使い捨ての深皿と蓋《ふた》とスプーンがいくつも転がっていた。

ボロボロの服を纏《まと》い、真っ黒に干涸《ひから》びた二つの死体が、布団の上に向かい合って横たわっていた。微《かす》かに残った服の柄と体格から、どうやら子供らしいと分かる。

二つの死体の間で、丸まったバスタオルがもぞもぞと動いていた。

俺は震える手でバスタオルを捲《めく》った。

長い髪をした幼児が、目脂《めやに》だらけの薄目で俺を見上げた。


アパートにいた子供は二歳前後の男児だった。不潔で栄養失調で衰弱してはいたが、命に別状はなかった。

男児を守るようにして死んでいた二人の子供は、推定六歳と五歳の女児だった。どちらもミイラ化していたが、死因は餓死だと後に判明した。二人とも死後一年以上が経過していた。部屋に食料となるものは一切なく、ライフラインは全て止められていた。

部屋を借りていた夫婦は半月後ほぼ同時に発見され、保護責任者遺棄致死罪で逮捕された。夫——三人の子供の父親は、福岡の愛人宅にいた。母親は埼玉の彼氏の家にいた。

父親が家を出たのは男児が生まれた直後、母親が彼氏の家に住むようになったのは今年の四月半ばからだった。母親の認識では彼氏宅に住むようになっても「真面目に」育児を続けていたそうで、その根拠は「必ず週に一度、火曜の朝ドアポストに千円札を投《とう》函《かん》していたから」だという。女児二人が昨年死んでいたことについては「考えたくなかった」と答えた。

父親も母親も、公判で子供三人のことを「愛していた」と涙ながらに言ったらしいが、三人とも出生届が提出されておらず、男児に至っては名前すらなかった。

捜査では不可解な点が浮かび上がった。

母親が週一で投函していたという千円札が、ただの一枚も見付からなかったこと。何より半年近くも放置されていた男児が、健康でなかったにせよ生きていたこと。その間のことを訊《き》かれた男児が「おおねえちゃん」「ちいねえちゃん」「カレー」「おいしい」と答えたことも、刑事たちを悩ませた。そして全国の野次馬たちの好奇心を煽《あお》り、ワイドショーでもネットでも様々な臆《おく》測《そく》が飛び交った。

俺と真琴は冷ややかな目でその騒ぎを眺めていた。真相はおおよそ見当が付いていた。

火曜夕方に「いくお」を訪れた女性客は、女児二人の魂が形を取ったものだ。母親の服を纏《まと》っていたのだろう。肩車して大人の女性に見せていたのかもしれない。

妙な歩き方も胴長も、これで一応の説明が付く。もっとも、実際に二人が肩車していたのか、それとも別の方法で一人の女性になりすましていたのか、今となっては確かめようもない。

毎週火曜に限られていた理由も、必ず二皿、千円分を買った理由も明白だ。一度持ち合わせがなかったのは、母親が投函を忘れたからだろう。「いくお」を選んだのはアパートから最も近い飲食店だったからだ。

徹底的に気配を消し、存在を周知されたことに動揺して幾原を攻撃し、戸口で俺たちに平静を装ったのも、何ら不思議なことではない。被虐待児童は虐待されている自覚がない。あったとしても隠そうとする。往々にして親に口止めされているか、そうでなくても自分に不当な罪悪感を抱いてるからだ。

生きている弟のために、近所のカレーを買い与える——それがあの部屋で死んだ姉妹にできる、唯一つのことだったわけだ。

上島さんが子育て幽霊のことを「リアルじゃない」と批判していたのを思い出した。今回の件はその点で実にリアルだが、だから何だというのだろう。辻褄《つじつま》が合うことの何が素晴らしいのだろう。俺は腹が立った。八つ当たりを承知で上島さんを問い詰めたくなった。

アパートに踏み込んで三ヶ月後の、ある日の深夜のことだった。

「どんな気持ちだったんでしょうね」

「déraciné」のカウンターで幾原は言った。落ち窪《くぼ》んだ目から涙が零《こぼ》れる。

「一体どんな気持ちで〝おふくろの味カレー〟なんて名前の食い物を注文したのか、それを想像するだけで……」

「今度、お供えしましょう」

真琴が言った。最近になってようやく顔に血色が戻り、目にも生気が宿っている。

「親戚《しんせき》のお墓に入ったみたいですよ。刑事さんに教えてもらいました」

「お供え」

「カレーですよ」俺は言った。「色々思うところはあったでしょうが、何より腹いっぱい、幾原さんのカレーを食べたかったんだと思いますよ。あの頃は弟のために一口だけで我慢していたみたいですけど」

幾原はグラスを握り締めたままカウンターに突っ伏した。

墓参りに行ったのは翌週のことで、小雨が降っていたので昼間でも出かけることができた。幾原が持参したカレーライスは大盛りが二皿で、サイドメニューも何品か供えていた。

男児は施設に預けられ、その後里親に貰《もら》われた。伝え聞くところによると大事に育てられているらしい。それを知った真琴はまた少し元気になった。

間借りカレー専門店「いくお」はその後も繁盛していたが、ニュースサイトで取り上げられた直後、『おふくろの味』という名称は母親のいない子供に対する差別だ」と良識派にSNSで吊《つる》し上げられ、ちょっとした炎上騒ぎになった。幾原は慌てて「懐かしの味」に差し替えたが心痛は大きく、程なくしてパニック障害を発症して店を畳んだ。

くろがねのわざ

一

一九九三年六月。

一本の映画が、ひっそりと公開された。

『惑乱の夏～愛、ほとばしる頃～』という、低予算の邦画だ。最初は東京の小さな映画館、数館だけで上映された。次第に話題になって上映期間が延長され、この映画をかける劇場も増えていった。

物語は単純だった。

都会で挫折《ざせつ》した男と女が、逃げるように移住した山村で出会い、当初は険悪だったが地元の人々と交流する中で距離を縮め、引かれ合う。やがて男女は結ばれ、共にこの地で生きることを決意する――

率直に言って、この筋だけ聞いて興味を持つ人はそう多くはないだろう。スタッフもキャストも有名とは言い難かった。

だが。

当時刊行されていた映画雑誌や情報誌には、絶賛の評ばかりが載った。「派手さはない」「低予算ゆえの難点は幾つも挙げられる」などと指摘した記事もあったが、否定的な総評は一つもなかった。少なくとも、僕が調べた限りでは。

『惑乱の夏』はヒットした。業界や映画マニアにだけ評価されたのではなく、一般客にも受けた。その年の邦画の興収一位だったという。映画好きとはとても呼べない両親でさえ、小学生だった僕をわざわざ祖父母に預けてまで観に行った。

本作を二〇一九年の今観るのは、さほど難しいことではない。ソフト化もされているし、配信も常にどこかしらのプラットフォームで行われている。ソフトはVHS版だけ廃盤だが中古はそれなりに流通していて、しかも安い。つまり希少価値などない。

公開時にヒットして、その後も名作傑作として語り継がれる作品は、確かにある。だが、あっという間に忘れ去られる映画も、当然ある。というより、ヒット作の大半はそうだろう。『惑乱の夏』は間違いなく後者だった。ただ、この説明では足りない。

『惑乱の夏』は大多数の人に忘れ去られた、だけではない。一部の人間から今もなお、蛇蝎《だかつ》の如く忌み嫌われている。公開されて二十六年経った今も、新鮮な怒りと不満を抱き続ける人が少なからずいるのだ。それを言葉にして、無関係な僕にぶつける人も。

「愚作という表現は『惑乱の夏　～愛、ほとばしる頃～』にこそ相応《ふさわ》しい。副題のセンスの無さに目を瞑《つぶ》っても、あの映画は酷《ひど》い、おかしい、許し難いっ」

向かいに座る厚田《あつだ》さんはもじゃもじゃの顎鬚《あごひげ》を弄《いじ》りながら言った。ハイネケンを飲み干して、「もう一本！」と、目の前の小さなテーブルに置く。太く短い指で眼鏡を押し上げ、皿のナッツを摑《つか》んで口に放り込み、音を立てて嚙《か》み砕く。ちょうど一ヶ月前の夜のことだが、記憶は鮮明だった。

その日は高円寺の雑居ビルにある小さなバー「déraciné《デラシネ》」で、仕事関係の知人と飲んでいた。集まったのは僕を含めて三人。

「ああ、言葉にするとまた悔しくなってきた。泣けてきた。くーっ」

厚田さんは太い腕で涙を拭《ぬぐ》う仕草をしながら、

「もし、もし鉄成生《くろがねなるお》が変な色気を出さずに、正しい選択をしていたら、特撮界は、いや映画界は……」

「気持ちは分かるけどさあ厚田。歴史に『たられば』はないから。映画史だって特撮史だってさ」

僕の隣に座る峰《みね》さんが、か細い声で宥《なだ》める。肥満体の厚田さんと違って、峰さんは細い。骨張った長い指、半ば白くなった肩までの髪と相俟《あいま》って、老人のような見た目だった。厚田さんと同じ四十代後半なのに。僕とせいぜい十歳ほどしか変わらないのに。

厚田さんはホビー誌編集者、峰さんはＤＴＰデザイナー。どちらも去年、仕事で知り合った。有能で、温厚で、僕みたいな自称・一人編プロの、出版業界でフラフラしているだけの人間にも優しい。ただ、格別親しくしていたわけではなく、飲みに行ったのもこの時が初めてだった。二人が重度の特撮愛好家だと知ったのも。

「質問なんですけど」

僕はジントニックを一口飲んで、「『惑乱の夏』って、そんなに酷かったですか？　僕、二十歳くらいの頃にDVD借りて観ましたけど、しみじみ、いい、映画だ、と……」

厚田さんに睨《にら》まれ、最後まで言えなかった。峰さんが苦笑いで、再び窘《たしな》める。

「駄目だよ厚田。谷村《たにむら》くん、怯《おび》えちゃってるじゃんか」

「結構だとも。何も知らずに持ち上げた罰だ」

「それが世間一般の評価だってば。僕だってあの件さえなければ、名作傑作のフォルダに入れてるよ」

そう言うと、峰さんは一瞬、不思議そうな顔をした。脇腹を押さえ、首を傾げ、しばらくして穏やかな表情に戻る。僕は声を掛けた。

「すみません、あの件ってなんですか？　あと厚田さんがさっき仰《おつしや》ってた、くろがねの選択がどうとかいう話も」

「峰、お前説明してやれ。ほれ早く」

厚田さんが苛立《いらだ》たしげに言った。いつもはニコニコと上機嫌な人なのに、完全に目が据わっている。

「ちょっと長くなるけど、いいかな？」

済まなそうに訊《たず》ねる峰さんに、僕は「もちろん」と答えた。

「よし。ではまず――」

「おおい、お代わり！」

厚田さんがハイネケンの瓶を、頭上で大きく振った。はーい、とカウンターの方から声がする。人がやって来るのが気配で分かる。テーブルの側で、女性が立ち止まった。ボサボサの、白に近い金髪。豹柄《ひょう》のシャツ。どことなく南国の少女を思わせる顔立ち。

「ごめんなさい、どうしても出なきゃいけない電話に出てたんです」

女性は手にしたビール瓶を厚田さんの前に置いた。

「うおっ」

厚田さんが妙な声を上げた。全身がみるみる萎《しぼ》んだ、ように見えた。不機嫌そうだった顔にはいつの間にか、普段と同じ穏やかな笑みが浮かんでいる。

「これはこれは、レー・ネフェル様。謝るのはわたくしめの方です。申し訳ない」

「よく分かりませんけど厚田さん、前も言いましたよね？　わたしその番組、観てないんですよ。フラッシュマンでしたっけ」

女性は楽しそうに答える。懐かしい。小学生の頃に観ていたスーパー戦隊の名前だ。

厚田さんが嬉《うれ》しそうに頷《うなず》く。

「左様でございます。何度でも申し上げますが、貴方《あなた》様はその悪の組織の幹部によく似ていらっしゃる」

「そうなんですか？」

女性が僕と峰さんに視線を送る。

「髪と豹柄だけね」

峰さんが答えた。

僕は頷いて同意するに止《とど》めた。曖昧《あいまい》な記憶ではあったが、確かにそんな女性幹部が登場していた。

「細かいことはいいんだよ諸君。わたしはレー・ネフェル様に会いたくて、今日この店を選んだのだ」

「いつもありがとうございます。もうナッツのお皿が空ですけど、おつまみ如何《いかが》ですか」

「ではサラミを」

「やったー」

女性は空のお皿とハイネケンの瓶を手に、軽やかな足取りでカウンターに戻った。うっとりその背中を見つめる厚田さんに、峰さんが声をかける。

「谷村くんに説明していいかな？『惑乱の夏』のこと」

「ぬっ、ああ、頼む」

厚田さんは我に返って言った。峰さんはストローでオレンジジュースを飲むと、静かに話し始めた。

二

一九八六年一月。

とある子供向け教育番組のミニコーナーが、特撮愛好家の間で密《ひそ》かに人気を呼んだ。季節の行事を、子役と月替わりの着ぐるみキャラクターたちが楽しく紹介する、という趣旨のコーナーだ。

翌月に控えた、節分の豆まきを紹介するために登場したのが、「おにざえもん」という鬼の着ぐるみキャラクターだった。その造形はあまりに生々しく、猛々《たけだけ》しく、そして恐ろしかった。

「これね」

峰さんにスマホで見せてもらった「おにざえもん」の画像を一目見て、僕は思わず吹き出してしまった。子供なら絶対に泣くだろう。そうとしか思えないほど不気味だった。実際、局には親からの苦情が少なからず届いたらしいが、時代のせいか大きな問題にはならなかった。もっとも、「おにざえもん」の出演時間は回を重ねる毎に短くなり、翌月以降の着ぐるみはどれも、無害で当たり障りのないデザインだったという。

コーナー最終回では着ぐるみたちが勢揃いしたが「おにざえもん」だけ不在だった――という話も界隈《かいわい》では有名だが、これは都市伝説で、実際はコーナー最終回のその映像自体が収録も放映もされていないという。

「おにざえもん」のデザインをし、自ら着ぐるみを制作したのは、当時三十二歳の自称・芸術家の男性だった。名前は鉄成生。

「で、鉄大先生の顔写真がこれ」

峰さんに見せられた粒子の粗い画像には、丸刈りで頰の瘦《こ》けた男性が写っていた。睨《ね》め上げる——という表現が妥当だろうか。やや上目遣いで、カメラの方を凝視している。同じ瘦身《そうしん》の男性でも、峰さんとはまるで印象が異なっていた。喩《たと》えるなら飢えた狼。鉄成生には峰さんにはない必死さ、狂暴さが感じられた。

鉄はその年の春から、他の映像作品で活躍するようになった。ホラー映画では悪夢のような化け物を。特撮番組では悪の組織に途中参加する異形の幹部を。任俠《にんきょう》映画では鈍器で殴られて凹《へこ》む額や、折れた骨が皮膚から突き出た腕、搔《か》っ捌《さば》かれて内臓を撒《ま》き散らす腹などを制作。好事家たちを大喜びさせ、良識派を怒らせた。

「特殊メイク、特殊造形、そのどちらもトップレベルだった。まあ、当時日本でそういうのを専門にやってる職人や企業は、今よりずっと少なかったけど、それを考慮しても……」

峰さんがまた首を傾げた。今度は胸を押さえる。痛むのだろうか。訊《き》こうとすると、厚田さんが口を開いた。

「今の目で観るとショボく感じる部分はある。しかし」

僕を見据え、

「谷村くん、言っとくけど〝あくまで日本では〟って話じゃないぞ。同じ頃に公開された『死霊のえじき』や『エルム街の悪夢』『13日の金曜日』シリーズと観比べてみてくれ。遜色《そんしょく》ないのが分かる。つまり鉄は世界でトップレベルだったんだ。疑うのか？　じゃあ今すぐそのスマホで確かめてみろ。どうせ違法にアップされた動画が山ほどある」

「いやいや、後で正当な手段で観ますよ」

僕はやんわりと断って、

「でも、僕、不勉強でしたね。そんな凄《すご》い人を、今の今まで全然知らなかった」

「凄いなんてもんじゃない。腕だけなら超一流だ。伝説と言っても……」

今度は厚田さんが、奇妙な表情を浮かべた。不意に咳《せ》き込み、「あー」と痰《たん》の絡んだ声を上げる。

「どうされたんですか」

「鉄さんは」峰さんが遮るように言った。「気難しい人だったらしくてね。スタッフやキャストとよく衝突したんだって。早々に降板した映画や、ゲスト参加に止まった番組も数多くある。真偽のほどは怪しいけど、注文を一切聞かないって伝説もあるんだよ。脚本から得たインスピレーションだけで作るんだとか」

「それは……やりにくいでしょうね」

「だから、彼が携わった作品は決して多くない。活動期間が八年で、ええと……まあ、なんだ、八年にしては少ない」

僕は活動期間の短さが気になったが、とりあえず黙って先を促す。

「ヒット作も少ない。まあ、彼の仕事は素晴らしいけど本編は駄作、みたいなパターンが多かったわけ。だから一般的知名度は低い」

「なるほど」

「でも、そんな彼の参加作品で唯一、大ヒットした映画がある。それこそが『惑乱の夏』」

「なるほど。あ、ということは」

僕は記憶を手繰り寄せる。あの映画には数箇所、奇妙に幻想的なシーンがある。森の精霊らしき存在が、主人公の女性を木陰からそっと覗《うかが》ったり、木の上から見下ろしたりするのだ。

身長一メートル足らずで、全身は茶色。頭と目が大きく、グレイタイプのエイリアンの面影も少しある、そんな造形だった。

「あの妖精《ようせい》が、その鉄さんの仕事なんですか」

「うん」と峰さん。

「え、ちょっと待ってください」

僕は首を傾げた。「ごめんなさい、お二人には申し訳ないんですけど、あれ、正直そんなに……すごくは、なかった、ような」

「そうとも」

答えたのは厚田さんだった。

「そうとも。そうとも。そうとも！　鉄成生はおざなりな仕事をした。監督やプロデューサーはそれを許した。鉄は……色気を出したんだよ。一般受けしそうな映画に関わりたかったんだ。名声が欲しかったんだ」

「そうなんですか？」

「そうだとも！」

　厚田さんは声を張った。

「これはその後の追跡取材で判明したんだが、鉄は『惑乱の夏』と同時期に、妖怪《ようかい》を題材にした大作映画から依頼されているんだ。『ばけまげどん』ってタイトルで、日本の妖怪と海外の化け物が戦い、人間が巻き添えで死にまくるって内容だ。だが鉄はそれを断って『惑乱の夏』を受けた。かなりの厚遇で、一切口出しをしないって条件付きだったにも拘《かか》わらずだ」

「ああー、そういうことですか」

「そうとも。結果、『惑乱の夏』は大ヒットし、『ばけまげどん』はパッとしなかった。脚本はいい。撮影も編集も役者陣も悪くない。だが妖怪たちの造形が絶望的だった。特殊メイクはそうと丸分かりで、着ぐるみはボロ雑巾《ぞうきん》を縫い合わせたような代物ばかりだった」

「ああー……」

「鉄成生ありきの企画だったから、断られたことで現場の士気はダダ下がりだった、とも言われている」

「………」

「もし鉄が『ばけまげどん』に関わっていたら。もし彼が妖怪を造形していたら。日本の、いや世界の特撮は変わっていたかもしれん。大袈裟《おおげさ》に言ってるんじゃないぞ。一九九三年と言えば『ジュラシック・パーク』公開の年だ。アナログ特撮の終焉《しゅうえん》を告げる狼煙《のろし》が上がった年なんだよ」

「…………」

「だから『惑乱の夏』は愚作なんだ。あの映画が存在すること自体が罪深い。同じことを思った愛好家は多くてね。我々みたいな特オタもそうだし、ホラー好きもそうだ。妖怪好きも特殊メイク好きも、『ばけまげどん』を惜しみ、『惑乱の夏』を憎んでいる。そして鉄成生の裏切りを許さないでいる」

「なんだよ、結局、厚田が説明しちゃってるじゃないか」

「聞いてたらまた腹が立ってな」

厚田さんは椅子の上でふんぞり返る。

僕は理解した。共感こそできないものの、愛好家の二人が悔しがり、今なお怒っているのは別段おかしなことではない。自然だ。だからと言っていいのか、僕は同じくらい自然に質問した。

「で、その鉄さんはどうしたんですか」

「死んだよ。自殺だ」

厚田さんが渋面で答えた。

「『惑乱の夏』公開後に、ピタッと消息が途絶えてな。それから一ヶ月後、生まれ故郷のとある地方の山奥で死体が発見された。池から死体が上がったんだかな。入水自殺ってやつだ」

「腐敗が相当進んでいたらしい」と峰さん。「遺書はなかったけど、愛好家から裏切り者呼ばわりされて悩んでたって証言する関係者もいる。それで特殊メイク、特殊造形の仕事から手を引いて、それでも苦悩は続いて、っていうね。まあ、それが事実だとしても自業自得さ」

さらりと言った。

厚田さんが「ああ、当然の報いだ」と何度も頷《うなず》く。

あまりのことに僕は何の反応もできなかった。「いい人」であるはずの二人が不意に見せた、冷酷さに引いていた。

「ちょっと、言い過ぎですよ」

声がした。

先の金髪の女性店員が、腕を組んで厚田さんと峰さんを見下ろしていた。殊更に頬を膨らませ、冗談めかしてはいるが、目は真剣だった。

「普通に失礼じゃないですか、人が亡くなったのを自業自得とか、当然の報いとか」

当たり前の言葉が、僕の心を打った。

「それにそのクロガネさんて人が、妖怪映画を断ってナントカの夏を引き受けた理由、分かってないんですよね？　一番大事なとこハッキリさせないで非難するって、よくないと思いますよ」

「ああ、レー・ネフェル様」

厚田さんが言った。

「真剣に受け取らないでいただきたい。鉄成生や『惑乱の夏』をコキ下ろすのはまあ、我々オタクの挨拶《あいさつ》みたいなものでしてね」

「そうそう」

「ふうん」

彼女は冷ややかな目で二人を眺める。僕も同じ視線を二人に注いでいた。

「うーん、あのね、実はね」

峰さんが手を擦《こす》り合わせて、言いにくそうに言った。

「本当のことを言うとね、この話題、貶《けな》さないと妙なことになるんだ。正確には……『惑乱の夏』や鉄成生をあんまり褒めると、体調が悪くなる」

「え？　は？」

「腹が痛んだり、動悸《どうき》がしたり」

「俺はさっき、急に喉《のど》がおかしくなったよ」

厚田さんがうなずく。真剣だった。僕は今までの、二人の様子を思い出していた。不思議そうな顔、身体を押さえる仕草。

「死んだ人もいるそうだよ。行方不明になった人も。それも一人や二人じゃない。特に

『惑乱の夏』関係者に多いってね」

神妙な顔。声を潜めている。

「でもね……貶すと治まるの。これ、業界じゃ結構有名でね。鉄成生の関連本が一冊も出てなくて、記事もろくにないのは、これが原因じゃないかって説もある」

「俺も最初は信じてなかったぞ。なかったけど、実際に食らった日には、な」

峰さんと厚田さんが、同時に怯《おび》えた表情を浮かべてみせる。

「……またまたあ。何言ってるんですかお二人とも」

僕は笑った。冗談がキツい。大方、お気に入りの店員に非難されて決まりが悪くなり、適当な言い訳をアドリブで作っただけだろう。

「そんな怪談だか都市伝説だかみたいなこと、実際にあるわけない」

「あるよ」

「あるって。俺らが証人だ」

「いやいや、ですから――」

「ありますよ」

答えたのは金髪の女性店員だった。

戸惑う僕に微笑みかける。

「そういうことは普通にあります。今はちょっと、分からないけど」

大真面目に言う。

僕も厚田さんも峰さんも、ぽかんとして彼女を見上げていた。

彼女が野崎真琴という名で、パートナーがいることを知ったのは、その翌日。一人で「déraciné」に足を運んだ時だった。パートナーがフリーライターであることも、その時に知った。野崎昆。オカルト関係の著作が人気の、僕でも聞いたことのある売れっ子だった。

「よかったら一冊いかがですか？　本人に内緒で手売りしてます」

彼女に薦められるがまま、僕は野崎昆の本を一冊買った。オカルトにはさほど興味はないけれど、とても楽しく読んだ。対象について丹念に調査してあるのが分かって、その姿勢に感心もした。

彼女が所謂《いわゆる》「見える人」らしい、ということも知った。本当のところは確かめようもないが、店に相談に訪れる人もいるという。彼女は無償で話し相手になったり、時に相談者の許《もと》を訪れたりしているそうだ。

「真琴さん」

何度目かに「déraciné」に足を運んだ時、僕は訊《たず》ねた。

「『惑乱の夏』の件、気になります？　鉄成生の件」

「なります。あの後検索して調べちゃったくらい。コタツ記事ばっかりだったけど」

彼女は笑った。

「褒めると体調崩す、最悪死ぬってやつは、どう思います？」

「どうかなあ。その手のことなら何から何まで、全部一瞬で分かるわけじゃないですし」

小首を傾げると、

「あの時は特に何も感じませんでしたね」

「そうですか……」

僕は少し考えて、言った。

「じゃあ、追ってみようかな」

三

単なる興味本位ではあった。小さい頃からこの手の分野は嫌いではない。

暇を埋めたかったのもある。趣味らしい趣味もなく、何もしていない時間が不安だ。

正直なところ、真琴さんが少し気になっていたのもあった。

僕は『惑乱の夏～愛、ほとばしる頃～』について、そして鉄成生について調べた。

さらにソフトや配信で、彼の仕事を確かめるだけ確かめた。古臭く感じる部分もないではなかったけれど、鉄の腕は素人目にも卓越したものだった。肉体損壊の造形は本物のように生々しく、クリーチャーには息遣いが感じられた。

『惑乱の夏』の脚本を書き監督をした、宇治川勉《うじかわつとむ》の居所はすぐに分かった。

彼は妻の実家のある浦和《うらわ》で、小さな映像製作会社の社長をしていた。監督を止めたわ

けではないらしいが、

「開店休業状態やね。忙しさにかまけて自主映画も撮ってへんし」

宇治川は小太りの、おっとりした関西弁の老人だった。還暦を迎えたばかりだという。

彼の事務所で話を聞いた。

「あの映画が非難囂々《ひなんごうごう》なんは、前から知ってます。オタクいうんかマニアいうんか、そういう人らから、えらい嫌われてもうた。その理由も知ってます。わしんとこには来てないけど、映画会社には脅迫状が届いたりもしたみたいですね。いや、怪文書か」

「そうだったんですね」

厚田さん、峰さんのことが頭に浮かんだ。あれ以来、彼らとは仕事での最小限の遣《や》り取りしかしなくなった。勿論《もちろん》、僕の方で距離を置いているのだ。

僕は率直に訊ねた。

オタクが触れ回っているようなことは実際にあったのか。鉄成生は本当に、一般受けしたくて『惑乱の夏』に参加したのか。

宇治川は少し考えて、答えた。

「そうです」

「え？」

「事実やから仕方ない。あの人は初めてお会いして、直接オファーした時、はっきり言わはりましたよ。一部のマニアしか観んような、閉じた映画ばっかりやっててもしゃあない、せやから最初の最初に教育番組で着ぐるみ作ったんや、って」

まあ実際は標準語やったけど、わし喋《しゃべ》れませんねんハハハ——と、ペットボトルの緑茶を飲む。

僕は呆気《あっけ》に取られていた。

だから「おにざえもん」から始めたのか、と危うく納得しかけていた。

「せやから反論もしません。現に今までしてきませんでした。わざわざ来てくださったのに、すんませんな」

「いえ、家から一時間ちょっとなんで、全然」

やっとのことで返し、食い下がる。

「もう一つ教えてください。あの妖精《ようせい》の造形について、どうお考えですか」

「どう、とは？」

「あれは……本当に宇治川さんが求めていたものですか？　鉄さんが本当に作りたかったものですか？」

「ん？」

宇治川の微笑に、小さな亀裂《きれつ》が走ったように見えた。と思った瞬間には元の笑顔に戻っていた。

「ん、ん、すんませんな、どっちの質問も何を訊《き》いてはるんか、よう分からへん」

「僕、調べました。あの妖精は別の仕事の流用です」

前年の一九九二年、とある大手映画会社がSF映画を企画し、鉄成生にエイリアンの造形が発注された。だが彼はほどなくしてプロデューサーと衝突して、現場を去った。彼が残した数枚のイメージイラストが、映画のメイキング本に小さく掲載されていた。

イラストは『惑乱の夏』の森の妖精に似ていた。素人目にもベースが同じで、ディテールをいくつか付け足しただけだと分かった。

ネットで調べた限り、ごく一部の特撮マニアは、既にこのことを知っていた。彼らはこの類似もまた、鉄の愚行を補強する証拠だと決め付けていた。手抜き仕事だ、と。

「鉄さんは脚本から発想を広げて、クリーチャーやモンスターを造形していたそうですね。じゃあ、違う脚本から発想したものが、似た造形になるなんてこと、あるんですか。ジャンルもストーリーも全然違う脚本ですよ」

正解のない創作の分野だ。絶対にないとは言い切れないが、不自然ではある。

「そんなマニアックなこと言われても、わしには分かりませんなあ」

宇治川は大口を開けて笑った。

「鉄さんは芸術家や。職人とちゃう。これやと自分で決めて作って、ポンとわしらに投げて寄越《よこ》す。わしらはそれを受け取るだけや。他所《よそ》での仕事いちいちチェックしとるわけちゃいますしな。現場はそんなもんです」

「でも」

「似てる言うんやったら、鉄さんに深い考えがあったんでっしゃろ。現にそれでヒットした。大勢のお客さんにおもろい、感動した言うてもらえた。わしの監督作で一番、たくさんの人に観てもらえた。その点については何の不満もない。鉄さんにもないでしょう。草葉の陰で喜んではるはずや」

「……かもしれませんね」

力が抜けそうになったが、堪《こら》えた。気を取り直して、僕は言った。

「貴重なお話、ありがとうございました」

「いえいえ、ちゃんと聞きに来てくれはったん、おたくが初めてですから。むしろこっちがお礼いわなあかん。ええと」

「谷村です」

「どうもありがとうございます、谷村さん。お礼いうか記念いうか、これ、受け取ってもらえませんか」

宇治川が取り出したのは、大きなクッキー缶だった。中には紙焼き写真が無造作に詰め込まれている。

「現場のオフショット言うんやろか。何枚か、好きなん差し上げます」

「いいんですか。これ、レアなやつじゃないんですか」

「ここに置いとくより、好きな人に貰《もら》ってもろた方が写真も喜びますやろ。うちで働いてる子ら、わしにもわしの作品にも全く興味あらへんし」

ハハハと笑って、デスクに写真を広げた。スタッフとキャスト、機材、森の中、沼の畔《ほとり》、畳敷きの部屋。映画で観た人々と物と場所が、ピントが甘く色褪《いろあ》せた、紙焼き写真の中に収まっている。

僕の目が最初に捉《とら》えたのは、やはり鉄成生の写真だった。黒いジーンズに黒いTシャツ。音声スタッフの後ろで中腰になり、フレームの外の何かをじっと見つめている。峰さんに見せてもらった画像より窶《やつ》れていて、目が充血している。

次に目に留まった写真は、子役三人が泥まみれで並んでいる写真だった。全員が大口を開けて笑っている。気付けば僕の頰も弛《ゆる》んでいた。

その次の写真には目が留まっただけでなく、息も一瞬止まった。和室で撮られた一枚だった。

タオルを胸から下に当てただけの黒髪の女性が、布団の上でいわゆる女の子座りをしている。肩や鎖骨、谷間を露《あら》わにした彼女は、カメラにウインクし、「いー」と歯を剝《む》いて、こちらに中指を突き立てている。もう片方の手はしっかりとタオルを押さえている。白い手足の所々に黒子《ほくろ》があった。二の腕には薄茶色のそばかすが目立つ。

主演の鮫島一葉《さめじまかずは》だった。

これが映画デビューとなる、当時二十五歳の舞台女優。本編とは違って、表情にも仕草にもカラッとした明るさを感じる。素の彼女はそういう人なのだろう。終盤の、いわゆる濡《ぬ》れ場のシーンを撮っている最中らしい。

これだけなら単なるオフショット写真だ。一葉のポーズのせいもあってか、肌は露出しているものの淫靡《いんび》さはまるでない。

だが、写真は不気味だった。

一葉の傍らに、鉄成生がしゃがんでいるからだった。血走った目を見開き、一葉の肩に顔を寄せていた。鼻先が触れそうなほど近い。右手の指先で、一葉の首を撫《な》でていた。わずかにブレているので、手首から先が動いて見えるのだ。

写真を持つ手に、ゾワゾワと鳥肌が立った。

狙っている。

鉄は一葉に襲いかかろうとしている。気配を殺して油断させ、次の瞬間には食らい付く。喉笛《のどぶえ》を食い破り、白い手足に爪を立て、泣き叫ぶ彼女を——

僕は陰惨な空想を慌てて追い払った。

「これ、変わった写真ですね」

と、殊更に明るい声で言う。宇治川さんは写真に顔を近付けて、「むっ」と変な声を漏らした。口を開きかけて、黙る。

僕は目を見張った。

宇治川の顔はこの一瞬で、汗まみれになっていた。顔色も酷《ひど》く悪い。目も充血している。何度も洟《はな》を啜《すす》り、咳《せ》き込む。

「あのう」

僕が訊《たず》ねた瞬間、彼はポンと手を叩《たた》いた。

「ああ、これはたしか、ホラー映画のスチルのパロディをやったんちゃうかな。何の映画かは分かりませんけど」

「言われてみれば、見たことあるような」

「ありますやろ？　なんやったかなあ」

宇治川は口元を擦《さす》りながら、

「まあ、鉄さん、現場でこういうお遊びに付き合うくらいのことは、ちょくちょくやってましたで。確かに気難しい人ではあったけれども」

そう言って、溜息《ためいき》を吐いた。元の顔に戻っていた。脂汗もかいていなければ、目も血走っていない。咳《せき》も止まっていた。

気付けば写真から、血腥《ちなまぐさ》い雰囲気は拭《ぬぐ》い去られていた。これはスタッフとキャスト、撮影者が、ふざけて撮った一枚のお遊び写真だ。

僕が口を開こうとした時、

「一葉も、この時は元気やったな」

しみじみと宇治川が言った。

僕は返答に窮して、小さな溜息だけを返す。

鮫島一葉はクランクアップ直後から体調を崩し、ずっと寝込んでいたという。人前に現れたのは初号試写の時だった。げっそりしていたが、足取りはしっかりしていた。彼女は通しで自らの主演作を鑑賞し、目を潤ませて「すごくよかった」と言ったらしい。そして満足げに劇場を後にした。

その後、彼女の行方は杳《よう》として知れない。

家族が警察にも届け出たが、未《いま》だに手掛かりすら見付かっていないという。

彼女の失踪《しっそう》は、『惑乱の夏』がヒットした後、ニュースになった。

峰さんの言っていたことと符合していた。単なる噂ではなかったのだ。

「この写真、いただけますか」

「そんなんでええの？　もっとええ写真、あると思いますけど」

「いえ、これ一枚で充分です」

四

主演女優が行方をくらまし、特殊造形師が死んだ。呪われた映画だ、と書き立てた週刊誌がいくつかあったが、特に話題にはならなかった。宇治川も単に不幸が続いただけだと見なしていた。

「悲しいことです。いい映画ができて、しかもヒットして、嬉《うれ》しいのは事実ですけど、胸が痛みますねや」

この映画に謎なんかあらしません、あるんは幾つかの不幸だけですわ――。

宇治川はそう言って、黙った。取材は終わりだとその沈黙が語っていた。関係者の連絡先を聞けるだけ聞いて、僕は宇治川の事務所を後にした。しばらくは仕事だけの慌ただしい日々を過ごしたが、頭の中には常に『惑乱の夏』のことがあった。いや——正確には、宇治川から譲り受けた写真のことが。

彼の説明で一旦《いったん》は取り払われた血腥さが、再び写真に纏《まと》わり付いている。そんな気がしたからだ。

僕の個人的な印象に過ぎない。単なる思い込み、勘繰りすぎかもしれない。そんなことは分かっていた。それでも僕は、この一円にもならない、誰にも求められていない取材を、止める気にはなれなかった。

仕事が落ち着くと、僕は早速、関係者への取材を再開した。鮫島一葉の相手役を演じた俳優と、その他の出演者たち。助監督、カメラマン、照明技師、録音技師。

今も仕事を続けている人もいることはいるが、大半は別の堅実な仕事に就いていた。連絡が付かない人もいた。

取材できた人たちから聞いたことは、判で押したように同じだった。

鉄成生は一般映画に関わりたくて参加した。

彼が作った森の妖精《ようせい》は、当初から彼の意向どおりに作られた。現場からの不満は一切なかった。

愛好家からの非難は知っているが、特に気にしていない。実害があったわけでもない。

鉄の死、一葉の失踪について、心当たりは一切ない。

僕は例の写真についても訊ねてみた。電話取材した人の多くは「そんなものが存在することすら知らなかった」と答え、残りは「ジョーク写真」と答えた。

ただ、元ネタとされるホラー映画を知っている人は、一人もいなかった。僕も写真をスキャンして画像検索してみたが、それらしい映画は見付からなかった。

違和感が膨れあがった。そして、血の臭いはますます濃くなった。

「その辺りのこと、どう思われますか?」

「いや、そう言われても」

小さな老人は座椅子の上で、目をしょぼしょぼさせた。

『惑乱の夏』で主人公たちの隣人を演じた、児山《こやま》という七十過ぎの男性だった。役者は随分前に引退しており、老人ホームで暮らしている。外観も内装もかなり立派な施設で、今いる個室も広々としていた。

彼の証言もまた、他の関係者と同じだった。疑問をぶつけても今みたいな反応をするばかりで、僕は諦《あきら》めに近い感情を抱き始めていた。黙り込んでしまった児山と二人でいるのが、気詰まりにも感じていた。そろそろ切り上げ時か、と思っていると、児山が顔を上げた。

「映画は、面白かったですか」

『惑乱の夏』の感想を訊《き》かれているのだ、と気付くのに少しかかった。そういえば取材の過程でちゃんと伝えたか、記憶があやふやだ。申し訳なく思いながら僕は答えた。

「面白かったですよ。傑作だと思います」

本音だった。あれから繰り返し観て、すっかり定まった評価だった。好んで観るタイプの映画ではないが、いい作品だ。まだ中年だった児山は、照れ屋で大飯食らいの隣人を好演していた。その辺りも素直に伝える。

「だからオタクが悪く言うの、正直よく分からないです」

「そうですか……」

児山は瞬《まばた》きを繰り返して窓の外を見ていたが、やがて言った。

「立派な、方でしたよ」

「それは……鉄さんのことですか？」

「ええ。一流の、方でした。一流の芸術家で、職人」

これまでより更にオドオドした口調で、途切れ途切れに語る。

「どうしてそう思われたんですか？」

僕は訊ねた。目の前の老人は、重要なことを話そうとしている。雰囲気でそう感じた。

「す、素晴らしい方でした」

「というと？」

「本当に、いい仕事を」

「そうなんですね。どの辺りがですか？」

もどかしさを覚えつつ質問を重ねる。焦るな。急《せ》かすな。児山の半開きの口から、嗄《しやが》れた声が漏れた。

「あれは……見事でした」

右目から涙が溢《あふ》れ、染みだらけの頬を伝う。

胸が高鳴っていた。嬉しかった。でも同時に不安にもなっていた。僕は呼吸を整えて訊く。

「どれが、ですか」

「言えない」彼は頭を振った。「でも、黙っているのはおかしい。埋もれさせておくのは。秘密にするために、じ、自分の命まで」

「え、それって」

「あの人は、鉄さんは」

ふっ、と児山の顔からあらゆる感情が抜け落ちた。次の瞬間、苦悶《くもん》の表情を浮かべる。胸を押さえ、咳《せ》き込み、椅子からずり落ちる。それでもなお話そうとする。

「にんげ、の、は、は……うげっ」

弱々しく嘔吐《おうと》する。

「児山さん！」

僕は彼に駆け寄った。少しして気付き、大慌てで呼び出しボタンを探した。

児山は幸いにも大事には至らなかったが、すっかり弱り切っていて取材を続けるのは不可能だった。別れ際に声を掛けたものの、彼はベッドに横たわったまま、泣きそうな顔で瞬きを繰り返すのみだった。

僕が体調を崩したのはその日の夜、帰宅した直後だった。不意に全身が怠《だる》くなり、意識が朦朧《もうろう》とした。体温計で計ったら四〇度超えの高熱が出ていた。布団に横になった途端に強烈な腹痛に襲われ、トイレに一時間近く籠《こ》もる羽目になった。水を飲むだけで喉《のど》に激痛が走った。

何度目かにトイレに飛び込んだ時、ふと思い付いて、僕は言った。

「『惑乱の夏』は駄作……いや、クソだ。特に、鉄成生の仕事は、クソ以下だ」

便座に体重を預けて繰り返すうちに、腹痛が少しずつ引いていった。すんなり声を出せていることに気付く。

朝には熱が完全に引き、清々《すがすが》しい気分にさえなっていた。汗に湿った布団の上で、鳥の囀《さえず》りを聞きながら、僕はずっと放心していた。

五

「やっぱり変ですよ」

僕は改めて言葉にした。

カウンターの向こうで、真琴さんがグラスを拭《ふ》きながら「変?」と訊《たず》ねた。

僕は「déraciné」で、真琴さんに経過報告をしていた。他に客は一人もいない。マスターは奥で長電話をしているらしく、くぐもった声だけが微《かす》かに聞こえる。

あれから一度取材した相手に問い合わせて、児山さんの発言について質問してみた。だが、誰もが「心当たりがない」「意味が分からない」と答えた。宇治川に至っては「年取って思い出が美化されてるんちゃいますか」と、冷笑気味に斬り捨てさえした。

児山は体調が優れないらしく、電話で話すこともできなかった。

そして僕は——絶不調《は》だった。

熱が出る。喉が腫れる。頭痛、腹痛、嘔吐、下痢、関節痛。その他あらゆる病苦が僕を襲った。『惑乱の夏』と鉄成生を罵倒《ばとう》すれば治るが、その効果は回を重ねる毎に薄れていった。結果、仕事であちこちに迷惑をかけた。今は喉の痛みに加え、身体が怠い。

「これ……どういうことなんでしょう。何か見えたりします?」

僕は訊ねた。

真琴さんは僕を見返したが、しばらくして頭《かぶり》を振る。

「何も。しんどそうだなって思いますけど」

「誰が見てもそうでしょうね。実際しんどいし」

「でも、素直に考えたら、警告じゃないですか?」

真琴さんに言われて僕は気付く。当たり前と言えば当たり前のことなのに、全く考えていなかった。頭が回っていなかった。

「褒めたら害があって、貶《けな》したら治るんじゃなくて……」

「そう。首を突っ込むなってこと」

「意思があるってことか」

僕は写真をカウンターに置いた。真琴さんはそれを覗《のぞ》き込み、すぐに摘《つ》まんで顔に近付ける。僕は写真の説明をしてから訊ねた。

「この写真に何かおかしなとこ、ありません？　見る度に引っ掛かるんだけど、それがどこなのか分からない」

「男の人の顔が怖い、とか？」

「見たまんまじゃないですか。違和感なんてレベルじゃない」

「女の人のジェスチャーが、大っぴらにやっちゃいけないやつ」

「それもです。小学生だって知ってます」

「うーん、分かんないです」

真琴さんは悔しそうに顔をしかめ、パーマの黒髪を掻《か》き上げた。つい昨日、美容院に行ったという。服も黒いシャツなので、レー・ネフェルとの共通点は最早どこにもない。厚田さんが見たらガッカリするに違いない。

僕は苦笑した。第三者である真琴さんの先入観のない、しかも「見える」目を以《もっ》てしても、おかしな点は見付からないらしい。

「何で首突っ込んじゃ駄目なんですかね。何がマズいんですかね。ていうかこれ、何なんですか」

ジントニックのグラスを眺めながらつぶやく。

「どうしてこんなこと、調べてんのかなあ。こんな目に遭って」

真琴さんは答えない。

「単に暇が怖いだけじゃなくて、カッコ付けたかっただけかもしれません。ええ、真琴さんに、ですよ。オカルトライターの旦那《だんな》さんより僕の方が凄《すご》いぜって」

自分の言葉に自分で驚いてしまう。

「あ、いや違うんです、今のは意識が朦朧としてて……」

僕は慌てて弁解したが、真琴さんは反応しなかった。

真琴さんは片方の耳に手を当てて、虚脱した顔で虚空を見つめていた。もう片方の手から写真が離れ、カウンターにふわりと舞い落ちる。

「真琴さん、どうしたんですか」

「あっ」彼女は大きな目を見開いて、すぐに笑顔を作った。「ごめん、何でもないです。何でも。おつまみ、食べます？」

「いやいや、これ飲んだら帰りますよ、もう遅いし――」

そこまで言ったところで、ズボンのポケットに入れていたスマホが震えた。着信だった。

知らない番号からだった。

「はい、もしもし」

「あのう、そちらフリーの記者さんの、谷村さんでいらっしゃいますか」

掠《かす》れた声が問いかける。

フリーの記者。この件を調査取材している時だけ使っている肩書きだ。ということは。

「そうです。失礼ですが……」

「私、三木《みき》と申します。『惑乱の夏』の主演、鮫島一葉とかつて交際していた者です」

「うわ、マジで」

僕は思わず声を上げた。

真琴さんは不思議そうにこちらを見ていた。片手は耳に当てたままだった。

六

三木はオールバックで、がっしりした体格の男性だった。六十を超えているはずなのに、老人と呼ぶのは躊躇《ためら》われるほど若々しく健康そうだ。僕がボロボロだから余計にそう見えるのかもしれない。

待ち合わせ場所で彼は訥々《とつとつ》と語ってくれた。

三木は一葉と一九八〇年代の終わり頃から、一九九一年秋まで交際していた。曲がり角でぶつかったことがきっかけだという。

三木が婚約するタイミングを覗《うかが》っていたその時、別れは不意に訪れた。

彼女と連絡が付かなくなった。家はずっと不在で、アルバイトは無断欠勤の末にクビになっていた。彼女の友人も、誰も居所を知らないという。

彼女の実家に相談して捜索願を出した。

一葉から手紙が届いたのは、三木の前から姿を消して三ヶ月が経った頃だった。

〈別れよう。嫌いになった。じゃあね〉

文字は殴り書きだった。

消印を頼りに行方を追ったが、彼女の居所は分からなかった。

月日が経ち、三木が最悪の結末を受け入れかけた、その年のある冬の日。家に電話が掛かってきた。

「もしもし、わたし。ごめんね。近いうちに会えないかな?」

一葉からだった。

すぐに会う約束を取り付け、顔を合わせた。

最寄り駅から近い喫茶店で待つこと五分。示し合わせた時間ぴったりに、彼女がやって来た。

少し窶《やつ》れているようだったが、それ以外は何も変わっていなかった。今まで何処にいたのか。何があったのか。三木は幾つも質問したが、彼女は謝るばかりで何も答えなかった。もどかしさを覚えた頃、彼女は答えた。

「映画を撮ってたの。『惑乱の夏　～愛、ほとばしる頃～』って作品に、主演で出てる。もうすぐ公開されるから、観てほしいな」

「映画」

あまりに唐突すぎて、三木はそれしか言えなかったという。ようやく平静を取り戻し、「一緒に観よう」と言うと、彼女は悲しげに頭を振った。

「ごめんね」

また謝るのか、と思った。つい声を荒らげ、彼女を責めてしまった。罵倒してしまった。

彼女は黙って涙を流し、三木が疲れて黙ると、店を出て行った。三木は追いかけなかった。彼女の意志の強さを、付き合う前から知っていたからだ、
そして、彼女は今に至るまで、三木の前に姿を見せていない。

劇場で『惑乱の夏』を観て、三木は何度も泣いた。一葉と相手役の男が結ばれるシーンでは嗚咽《おえつ》を堪えきれず、周囲の客から咳払《せきばら》いで注意された。ソフトはＶＨＳもＤＶＤもブルーレイも所有しているという。

涙ぐむ三木に何度も礼を言って、僕は喫茶店を後にした。一葉の行動の意味は分からなかったが、それでも確信できた。

鮫島一葉には、何かのっぴきならない事情があった。そしてそれは映画とも無関係で

はない。

やはり僕の予感は当たっていたのだ。

嬉《うれ》しくはあったが、何かが判明したわけではない。僕は仕事の合間を縫って調査を続けた。ロケ地にも足を運んでみたが収穫はゼロだった。

ある日の夜。

時間が不意に空き、偶々《たまたま》高円寺にいたので、僕は「déraciné」に足を運んだ。微熱はあったが体調はそこまで悪くなかった。雑居ビルの急な階段を上り、重いドアを開けて店内に入るなり、聞き覚えのある声が耳に届いた。

「おお、イガム王子、ご機嫌うるわしゅう」

「だから似てないって、厚田」

カウンター席に厚田さんと峰さんが座っていた。僕を見付けて、同時に手を挙げる。

僕は少し落胆しながら、「お疲れさまです」と挨拶《あいさつ》した。

「ではイガム王子、お代わりをいただけますか」

「どうぞ」

「おお、ありがたき幸せ」

「どうも」

冷淡な声がカウンターの中から聞こえた。僕は突っ立ったまま視線を向ける。

いつもなら真琴さんがいる位置に、彼女より更に小柄な、ポニーテールの女性が立っていた。黒いシャツを着ている。澄ました顔に濃い眉《まゆ》が目立つ。手には黒い手袋を嵌《は》めていた。

知らない顔だった。新しく雇われた人だろうか。さっき厚田さんからイガム王子と呼ばれていたが、髪と服が黒い以外はまるで似ていない。

見ていると、彼女と目が合った。

「いらっしゃいませ」

機械のようにお辞儀をする。僕も慌ててお辞儀で返す。

「谷村くん谷村くん」厚田さんが早口で僕を手招きした。太く短い指で女性を指し示すと、「こちら、イガム王子。イアル姫の双子のお姉さん」

「説明が要るよね。ごめん」峰さんが引き継ぐ。「こちら、真琴さんのお姉さんだよ、琴子《ことこ》さん」

「えっ」

「双子じゃないけどね」

「比嘉琴子と言います。よろしく」

女性――比嘉琴子さんは再びお辞儀をした。「今日は真琴が熱を出したので、代打で来ました。今までも何度かこうしたケースはあったので、慣れています。ごゆっくりおくつろぎください」

全く表情を変えずに言う。真琴さんとは見た目だけでなく、振る舞いも全然似ていなかった。

「あのう、真琴さんの熱って、風邪か何かですか」

「知恵熱です」

琴子さんは真顔で答えた。「少しばかりトラブルを抱えて、悩んだ末にわたしに相談してきたのです。で、家に行ったら寝込んでいました」

「トラブル……熱……」

「ご心配なく。多分わたしであれば問題なく対処できるはず」

「よかった。イアル姫が無事で」

「ええ、ご心配おかけしてすみません」

厚田さんの特撮ネタを、琴子さんは眉一つ動かさず受け流している。

「そうだ、谷村くん。あの愚作の取材、してるんだって？」

峰さんの質問に、僕は「はい」と最小限の言葉で答えた。途端にキリキリと胃が痛む。

「何だと、あの鉄がやっつけ仕事をした、愚にも付かない恋愛映画を調べてるのか？」

「はい」

三木のことを思うと胸が痛んだが、もちろん黙っていた。

「仕事じゃないんだってね」

「素晴らしい。その情熱だけは立派だ。褒めてやろう」

厚田さんはハイネケンを取ろうとしたが、勢い余って指で瓶を倒してしまった。中身が勢いよくカウンターに零《こぼ》れる。

琴子さんは咄嗟《とっさ》に身を引いたが、両袖《りょうそで》がビールで濡《ぬ》れてしまう。

「あーあー、ごめんね、うちの厚田が粗相して」

峰さんがおしぼりを摑《つか》む。

「いえ」

琴子さんはテキパキとカウンターを拭《ふ》き、倒れた瓶や濡れたコースターを片付けた。シュンとしている厚田さんに「お気になさらず」と声を掛ける。僕は見ているだけだった。自分の気の利かなさに呆《あき》れていると、琴子さんがカフスボタンを外した。シャツの袖《そで》を捲《まく》る。両手首が露《あら》わになる。

僕は息を吞《の》んだ。

彼女の手首は、ケロイドで覆われていた。火傷《やけど》の痕《あと》だろうか。どちらにしろ見ているだけで痛々しい。目を背けたいが目を離せない。二つの失礼な心理の板挟みになってしまう。

厚田さんも峰さんも、あんぐりと口を開けて琴子さんのケロイドを見ていた。

僕たちの視線に気付いたのだろう。彼女は「失礼」と、捲った袖を戻した。

「学生の頃に、ちょっと火傷をしたものですから」

「ああ、そうなんだ。ごめんね」と峰さん。厚田さんは目を見張ったまま、何も言えずにいる。僕も言葉を失っていた。

頭の中を思考が凄《すさ》まじい速度で巡っていた。

息が乱れている。動悸《どうき》が激しくなっている。

まさか。まさか。

ひょっとして、鉄成生は——

琴子さんが鋭い目で僕を見た。表情は今までと変わらないのに、気魄《きはく》が違っている。

でも今はそれどころではない。

「すみません、僕、やっぱり帰ります。何も飲み食いしてませんが、ごちそうさまでした!」

僕は言いながら店を飛び出し、勢いよく階段を駆け下りた。熱が上がって目眩《めまい》もしたが、構ってはいられなかった。

七

翌日の夜。

僕は宇治川の事務所にいた。宇治川は自分用のワーキングチェアに深々と凭《もた》れ、僕を見上げている。

「谷村さん、何ですのん? 話すべきことは全部話しましたで」

「いいえ宇治川さん」

　僕は答えた。悪寒が酷《ひど》く脂汗で全身が濡れていた。

「あなたは最初から嘘を吐いている。嘘を吐いて、僕に肝心なことを隠している。『惑乱の夏』について、とても大きなことを」

「ちょっとちょっと、何を言わはるかと思ったら……」

　ははは、と大袈裟《おおげさ》に笑ってみせる。彼が真顔に戻るのをひたすら黙って待って、僕は言った。

「じゃあ、こう言い換えますよ。あなたは、いや――あなた方『惑乱の夏』関係者は、鉄成生さんに依頼した本当の仕事について、ひた隠しにしている。公開前からずっとです」

「はあ？」

「そういう芝居はもういいです。わざとらしい」

　僕は宇治川を見据えた。

「……そう、わざとらしいんです。森の妖精《ようせい》はデザインといい造形といい、隙が多すぎる。まるで非難してくださいと言わんばかりだ。そしてそれは上手《うま》く行った。オタクたちはこの映画は愚作だ駄作だと断罪し、森の妖精をやっつけ仕事だと叩《たた》いて、それで満足した。本当の鉄さんの仕事が全く目に留まらなかった」

　宇治川が歯を食い縛るのが、頰の動きで分かった。悔しがっているようにも、笑いを嚙《か》み殺しているようにも見える、僕は彼から譲り受けた、例の写真を翳《かざ》す。

「映画本編にバッチリ映っていたのに、誰も気付かなかった。それほどリアルな質感と造形のものを、鉄さんは作った。彼が作ったのは森の妖精だけじゃない。女性用の、とてつもなく精巧な、全身に装着するタイプの肉襦袢《にくじゅばん》も作った。鮫島一葉さんの全身にある、たくさんの傷跡を隠すためのね」

宇治川は答えなかった。

静まり返った事務所がやけに寒く感じられる。

「一九九一年冬のことです。都内で事故がありました。ガラス板を積んだトラックと、乗用車が衝突した。ガラス板は粉々になり、吹き飛び、近くを歩いていた女性を直撃した。女性は顔だけは守りましたが、それ以外のあちこちに大怪我をした」

当時の新聞で確かめた。報道では「通行人の二十代女性」としか書かれておらず、続報もない。だが、彼女こそ一葉だった。

「幸い命に別状はなかったものの、傷跡は残った。彼女は自分の姿を見られることを恥じ、交際相手である三木さんの前から姿を消しましたが、彼への思いは募った。また役者としてカメラの前に立ちたい気持ちも、消えてはいなかった。彼女と知り合った宇治川さんは、一計を案じます。それが準備中の映画『惑乱の夏』に、天才特殊造形師、鉄成生さんを招くことだった。そして一葉さんの傷を完全に隠して出演させることだった」

宇治川は黙っている。

「鉄さんは完璧《かんぺき》な仕事をした。大勢の観客に見られても気付かれない、本物そっくりの肉襦袢を造形した。この写真はホラー映画のスチルの真似をしているんじゃない。一葉さんが着用している肉襦袢を、鉄さんが点検しているんです」

仮説だった。臆測《おくそく》だった。

映画を何度観ても、写真を穴のあくほど見つめても、一葉の肌は本人のものにしか見えない。首も、鎖骨も、谷間も手足も。

だからこれは一種の賭《か》けだった。

「宇治川さん、僕にこの写真を譲ってくださったの、ひょっとして真相に辿《たど》り着いて欲しかったからじゃないですか。鉄さんの天才的な仕事を、第三者と語り合いたかったのでは？」

数秒の沈黙の後、彼は口を開いた。

「その気持ちが全くなかった、といえば嘘になるわな」

やっぱり、と僕は呟《つぶや》いた。

賭けに勝った。

宇治川はずっと、人に言いたくて仕方なかったのだ。

「だったら、バラしましょう」

僕は言った。

「特オタたちに馬鹿にされて、本当は悔しかったんじゃないですか。あいつらに愚行だの裏切りだのと言われて、辛《つら》かったんじゃないですか」

「かもな」

大きな溜息《ためいき》を吐く。

僕は彼に歩み寄って、

「知り合いに大手の新聞記者がいます。特撮専門誌の編集長にも伝手《つて》がなくもない。打ち明けましょう」

「あかんて。分かるやろ」

ぴしゃりと宇治川は撥《は》ね付けた。その顔にはいつの間にか、大粒の汗が浮かんでいた。鼻先から床に滴り落ちる。

僕も苦痛と闘っていた。息をするだけで苦しい。

「谷村さん、あんた死ぬで」

「かもしれませんね」僕は笑ってみせた。「でも構いませんよ。こんな偉業を世に広められるなら、偉そうな特オタを黙らせることが出来るなら――」

「やめなさい」

鋭い声が飛んだ。

琴子さんだった。事務所のドアを全開にして、スルリと入ってくる。その後ろに真琴さんが続く。頰が赤く、額に冷却ジェルシートを貼っている。

戸惑っている宇治川に簡潔に自己紹介をすると、琴子さんは言った。

「端的に申しますと、わたしたち姉妹はいわゆる霊能者です。死者の声を聞いたり、死者に言葉を伝えたりできる。ですがその力には個人差があります。あちらの側にも話し上手もいれば口下手もいる。口より先に手が出る人も」

途中からよく分からない。

「真琴は少し前から、死んだ鉄成生さんの声を聞いていました」

宇治川が険しい顔をした。

「でもそれはあまりにか細く、真琴の力では聞き取れなかった。そこで彼女はわたしに相談した」

真琴さんが頷《うなず》く。

「彼は言っていました。言うな。バラすな。さもないと殺してやるぞ」

「そんなこと――」

「あるんですよ。聞いてみますか」

彼女は返事を待たずに、ポケットから何かを取り出した。煙草のケースだった。無駄のない手つきで煙草を一本引き抜き、咥《くわ》えるとライターで火を点《つ》ける。

「ちょっとちょっと、あんた、ここは禁煙や」

「すぐ終わります」

言うなり琴子さんは煙草を深々と吸い、勢いよく吐き出した。紫煙が僕たちの顔の前に広がる。

煙が喉《のど》を刺激し、咳《せ》き込んだその時、

いうな

声がした。どこからともなく、嗄《しやが》れた声が。

ばら　すな

また声がした。

「ひいっ」と悲鳴を上げたのは僕だった。怯《おび》えて戦《おのの》いて震えていた。

「こ、この声、この声は」

いうな　ばらすな　さもないと

「せやろな」

宇治川がしみじみと言った。

「秘密を守るために自分の命まで捨てるヤツや。あいつ、クランクアップの時に語っとったわ。水爆で生まれた怪獣を殺した後に自殺した、偉い博士のことをな」

「鉄さんは、さ、鮫島さんのことが、その」

「ちゃう。自分の仕事に殉じたんや。自分の芸術と心中したんや。短い付き合いやったしベラベラ喋《しゃべ》るような男ちゃうかったけど、その辺は分かるわ」

脂汗で宇治川の顔が濡《ぬ》れている。いや、涙かもしれない。死者の声は続いている。繰り返している。言うな、バラすな。さもないと　言うな、バラすな。さもないと――

「どうしますか？　それでも公表するというなら、わたしは止めませんが」

「谷村さん」

琴子さんが問い、真琴さんが呼ぶ。僕はどちらにも答えられなかった。圧倒されていた。打ちのめされていた。

白く煙る事務所で、怯える宇治川の側で、僕はいつまでも立ち竦《すく》んでいた。

とこよだけ

田んぼ

出版社で働くTさんの話である。

「自分、ずっと関西の田舎に住んでたんです」

高校三年の、六月の頭頃だった。

ヘルメットを被《かぶ》り、学生服のズボンを膝《ひざ》まで捲《まく》って、自転車で下校していた。畦道《あぜみち》を飛ばす。

景色も、風も気持ちがいい。

晴天だった。

何気なく周囲を見回す。

人が立っていた。

いや――埋まっていた。

太股《ふともも》の付け根辺りまで田んぼに浸《つ》かって、「気を付け」の姿勢でTさんを見ている。

同じ学校の制服だった。

丸刈りの頭からも、がっしりした体格からも、浅黒い肌からも男子だと分かる。だが、顔がはっきりしない。

誰やろか。

あんな奴、おったっけ。

そもそも、あんなとこで何してんねん。

青い空の下。強い日差しがその広い額に反射している。汗ばんでいる。そこまではっきり見えるのに、顔が分からない。目鼻にだけ焦点が合わない。

更に目を凝らそうとしたところで、バランスを崩した。

自転車は倒れ、地面を滑って田んぼに落ちたが、Tさんは辛うじて畦道に踏み止《とど》まった。

あっぶねえ。

と思って顔を上げると。

男子生徒は、いなくなっていた。

青い稲は整然と並んでおり、水面にもさざ波一つ立っていない。

蝉の声だけがしていた。

不意に怖くなった。

Tさんは泥まみれになるのも構わず田んぼに入って自転車を引き上げ、大急ぎで帰宅した。

その日の夜。

クラスの連絡網が回ってきた。

グループチャットも、一斉送信メールも普及していなかった時代の、学校が生徒や保護者に急ぎの連絡をするための手段だ。各家庭の電話で、基本的には出席番号順に、連絡事項を伝えていく。

回ってきた連絡は、同じクラスの男子生徒、Rの訃報《ふほう》だった。

野球部の部室で着替えている最中、突然倒れたという。救急車で病院に運ばれたが助からず、死因もはっきりしないらしい。

訃報を聞いたTさんの頭に浮かんだのは、帰宅中の出来事だった。

田んぼで見た、誰だか分からない男子。

あれはRだ。

がっしりして、色黒で、丸刈りで額が広い。

何より、Rが倒れた時刻と、Tさんが男子を目撃した時刻は、同時ではないかもしれないが近い。

Rとは小学生の頃は毎日のように遊んだが、中学で人間関係が部活中心になるとともに、疎遠になった。

最後に遊んだのはいつだろう。

最後に話したのはいつだろう。

Tさんはしばらく電話台の前で呆然《ぼうぜん》としていた。

Rの葬儀が終わるのと前後して、野球部の部員が一人、また一人と辞めていった。部活を、ではない。学校を、である。

ある者は親の仕事のトラブルで家族ごと遠くに引っ越し、別の者は部屋から一歩も出なくなった。

何人目かに退学した部員については「あいつ、黄色い救急車で運ばれてったらしいで」という、どこかで聞いたような噂も流れた。

顧問の現国教師は授業中に何十回も口ごもり、異様な量の脂汗を垂らすようになった。これはTさん自身も目撃している。

「そんな状態なのに、その先生、『何の問題もない』『何も訊《き》くな』みたいな顔で授業進めるんですよ。あまりに異様で、だから生徒は誰も突っ込めなかったです」

やがて、顧問は休職した。

学校はすぐさま代理の顧問を立てたが、直後に数人の部員が町で暴力事件を起こし、結局、甲子園の県予選出場は辞退することとなった。

部員たちは往来で突然叫び、通行人に殴りかかったという。その後も野球部員は次々に学校を辞めていき、二学期が始まった頃には一人もいなくなった。

卒業式の日。

式が終わり、終礼が済むと、Tさんは同級生と少し話した後、学校を出た。

いつものようにヘルメットを被り、自転車で飛ばす。空気は冷たかったが、空は青かった。

以前Rらしき男子を見かけた辺りで、Tさんはふと、田んぼの方に目を向けた。

床土《とこつち》作り中の白茶色の、干上がった田んぼに。

首がズラリと、横一列に並んでいた。

どれも作り物のように白く、ところどころ赤く濡《ぬ》れていた。大半は口をだらしなく開けていて、何人か灰色の舌を垂らしている。

胴体は埋まっているのか。

それとも首だけか。

数を数えたわけではない。顔が見えたわけではない。それでもTさんは確信した。

野球部の連中だ。

背後から声を掛けられた気がした。

「音として聞こえたというより、頭に響いたみたいな。そしたら気配がしたんです。もの凄《すご》く濃い気配が。すぐ後ろに立ってて、自転車の荷台を摑《つか》もうとしてるのを感じて……」

全力でペダルを漕《こ》いで、Tさんはその場を離れた。

大学進学とともにTさんは上京した。両親が他県に引っ越したこともあり、当時の地元には久しく足を運んでいない。

ただ、同級生らから噂だけは聞いている。

「自分が卒業した二年後に、部室棟でボヤ騒ぎがあって。そこまではニュースにもなってるんで、間違いなく事実なんですが……」

野球部の部室だけ、真っ黒焦げになったという。

Tさんの母校には未《いま》だに、野球部が存在しない。

——怪談之團《だん》『ものづくり怪談　其《そ》の弐』（レギオン出版）より

一

こめかみを刺すような頭痛で目を覚ました。

両肩が酷《ひど》く重い。鉄板でも入っているかのように背中が固まっている。

枕元のスマホは午前七時を示していた。そして圏外だった。

テントから這《は》い出て全身を伸ばし、荒れ果てた建物から出る。敷地の隅、「トイレである」と取り決めているだけの一角で用を足す。

空はうんざりするほど晴れ渡っていた。木漏れ日がやけに眩《まぶ》しく、まともに目を開けていられない。おまけに三月とは思えないほど蒸し暑い。奇妙だ。緯度は白浜町《しらはまちょう》とそう変わらないのに。

パーカを脱いで長袖《ながそで》Tシャツ一枚になると、俺は建物に引き返した。

テントの側でアウトドアチェアに座り、カロリーメイトを水で流し込みながら、ノートパソコンで監視カメラの映像をチェックする。カメラはこの建物内に三箇所、浜辺に一箇所、山頂へ向からしき獣道の入り口に一箇所、合計五箇所に設置されている。夜間の録画映像を観るだけの時間はなく、俺ができるのは動作確認と、今この瞬間の映像を眺めるくらいだ。頭痛も肩の重みも引くことはなく、むしろますます激しさを増すばかりだった。ディスプレイを見ていると、次第に目まで痛み始めた。

「野崎、大丈夫？」

声がした。

真琴がテントから顔だけ出して、しかめっ面で俺を見上げていた。

「なんか辛《つら》そうだよ。頭痛？」

「……ああ」

俺は呼吸を整えてから答えた。

「ロキソニン、飲んだら？　持ってきてたよね」

「いや、いい。昨夜も飲んだ」

「病院は嫌いじゃないのに、薬は飲みたがらないよね。前から気になってたけど、どういうこだわり？」

真琴が訊く。

俺は少し考えて、答える。

「こだわりじゃない。何となくだ」

「何それ」真琴は微笑んだ。「飲んじゃいなよ。我慢してもパフォーマンス落ちるだけだよ」

「ふん」

俺は鼻で笑い、粗末な朝食を切り上げた。

ロキソニンを一錠飲んだところで、物音がした。少し離れたところにある、もう一つの小ぶりなテント。そのジッパーが開き、中から一人の男が這い出す。瘦《や》せた身体、細い顎《あご》、目立つ前歯に、伸び放題の無精髭《ぶしょうひげ》。対照的に頭は刈ったばかりと思《おぼ》しき、青々とした五厘刈りだ。顔や雰囲気に不釣り合いな、つぶらな瞳《ひとみ》でこちらを見ている。

ライターの先輩、簗井《つくい》さんだった。

「おはようございます」と真琴が挨拶《あいさつ》する。

「おっす、早いねえ」

「とんでもない。さっき起きたところです」俺は答えた。

「野崎くんさ、体調どう？」

「しんどいですよ。ただの疲れだと思いたいですが……築井さんは？」

「全身バキバキに痛い。きっと霊障だ、霊障」

築井さんは楽しげに言って、立ち上がった。トイレトイレとつぶやきながら、足早に建物を出て行く。

いつの間にか、真琴がテントから出ていた。俺の肩にそっと触れる。

「嬉《うれ》しいよ、野崎が原稿書く以外の仕事してるの、こんな近くで見れて。初めてだもん」

俺は肩に置かれた真琴の右手を見つめていた。薬指には古びた指輪が嵌まっている。知り合った当初から付けていたものだ。表面の摩耗具合も、微細な傷も、この距離だとはっきり見える。

「聞いてる？」

真琴が不思議そうに俺を覗《のぞ》き込んでいた。

「ねえ、どうしたの。さっきから変じゃない？」

俺は彼女の大きな目を見ながら答える。

「いいや。眠いだけだ」

「ほんとに？」

「ああ」

「ならいいけどさ」真琴は微笑みながら、ポンポンと俺の肩を軽く叩いた。「何かあったら言ってね。そのために来たんだから」

「そうだったな」

　俺は答えた。

　こめかみの痛みはまだ続いていたが、起き抜けよりはずっと穏やかになっていた。

　オカルト専門サイトで簗井さんが書いている連載「怪談ドッキまわし隊　心スポ探訪」の仕事だった。

　怪談ドッキきまわし隊。

　始まりは今はなきレギオン出版が出していた俗悪ゴシップ誌で、二〇〇三年に始まった白黒三ページの記事「カチコミ怪談　ゴキブリ小隊」だ。今で言う心霊スポットを巡る、大枠だけなら凡庸な企画だが、「出る」と噂された場で酒盛りをする不謹慎な内容や、現場に落ちていた古いエロ本について延々と語る極端な脱線が、妙に受けた。埋め草の単発企画だったはずが連載になった。

　人気を決定づけたのは第五回、第六回だろう。まだ今ほど知られていなかった「尾田《おだ》岳《だけ》廃ホテル」の怪談を徹底調査し、現地に赴き、廃ホテルの異様な内部を撮影し、二号にわたって記事を掲載した。

　宿泊にも生活にも向かない、不合理で不可解な間取り。

　ヤンキーの落書きやグラフィティとは明らかに違う、壁に描かれた奇怪な図形の数々。

　ホームレスが残したと思しきメモ帳には、彼がここで体験した怪現象の詳細と「怖い」「助けてくれ」「でも行き場所なんてない」という生々しい感情が吐露されていた。それは「ゴキブリ小隊」の何人かは不気味な笑い声を聞いたと記事で証言しているが、それはオマケのようなものだろう。心霊に頼らない姿勢と、軽薄ではあるがツボを押さえた文章は、雑誌が増刷されるほど評判になった。連載は続き、開始から一年半後に書籍化され、十数万部を売り上げた。

実話怪談の盛り上がりに乗っかったから売れた、という側面もあるだろうが、俺個人としては「雑誌の一色ページ文化最後の花火の一つ」と考えたい。低俗な雑誌の読み物ページがサブカルチャーの受け皿だった時代は、とっくに終わっていた。

書籍の第二弾も好評だった。DVD付きのムックも数冊刊行され、その映像素材と撮り下ろしを再構成した長編映画も、小規模ではあるが公開された。ゴキブリ小隊の面々もちょっとした有名人になり、彼らのトークライブが中央線沿線を中心に、各所で開催された。

ピークは二〇〇八年の夏。そこからは下降の一途だった。

レギオンの業績が振るわず、雑誌は次々に休刊。編集部も解散した。「カチコミ怪談」が掲載されていたゴシップ誌も例外ではなかった。ゴキブリ小隊は散り散りになったが、メインの数人が他社の老舗《しにせ》オカルト誌で「漂流怪談　帰ってきたゴキブリ小隊」というタイトルで連載を始めた。書籍化もされたが売り上げは芳しくなく、続刊は出なかった。連載も予告なく終わった。

ウェブマガジンで心霊スポット突撃記事の連載を始めた者もいた。心霊ドキュメンタリーのDVDの制作を始めた者もいた。どれも長く続いたとは言いがたい。安易に時代の所為《せい》だとは言えない。内容もお粗末なものばかりで、熱心なファンも次第に離れていった。そして小隊の面々は、このジャンルから足を洗った。

そんな中にあって、初期メンバーである簗井さんはただ一人、今なお心霊スポット取材を商売にしている。「カチコミ怪談」が始まった時は編集部アルバイトで、今はフリーライターだ。彼とは俺が編集プロダクションにいた頃から面識があったが、こうして仕事をするのは今回が初めてだった。

「この歳で一人はキツくてね」

電話で俺を誘った時の、彼の言葉を思い出していた。

俺は率直に疑問を口にした。

「どうして自分に？　それこそ担当編集者だとか、そうでなくてもアルバイトの若い子とか……」

「〝編集者が行く意味が分からない〟みたいなリアクションされるんでね。あそこはどいつも大手気取りだから」

クスクスと笑う。

「野崎くんに頼むのは、売れっ子のネームバリューでPVを増やしたいからだよ。この連載はなるべく続けたい。一冊にまとめたくもある」

「そうですか」

「何とかお願いできないかな。奥さん同伴でも構わないよ」

軽い調子だったが、切実さを感じた。提示されたギャラは悪くなかった。何より、今は仕事を入れられるだけ入れて、余白を埋めたかった。

承諾すると、彼は「ありがとうございます」と、妙にかしこまって言った。

「それで、肝心の場所はどこですか？」

「野崎くん、知ってるかなあ。俺は全然だったよ」

軽く勿体《もったい》を付けてから、簗井さんは答えた。

「床代島《とこしろじま》ってとこ。〝とこよ〟って読みだったらいかにも面白かったんだけど」

聞いたことのない地名だった。

二

トイレから戻ってきた簗井さんと、ざっと昨夜の監視カメラの録画映像を確かめたが、不可解な点は見付からなかった。

「がっかりだよ」

簗井さんは既にハンディカムを回していて、落胆する自分を記録している。ストリーミングサイトへのリンクという形で、ウェブマガジンに載せる動画を撮っているのだ。

動画編集も彼自身がするという。

「慣れてるしな。撮るのも切り貼りするのも、もう二十年近くやってる」

「凄《すご》い」真琴が目を丸くした。

築井さんが朝食を済ませたところで、俺たちは今いる二階建ての廃墟《はいきょ》を見て回ることにした。

かつては民宿だった建物だ。階段は踏み板も手すりも腐ってボロボロだった。二階の床はあちこちが抜けており、一階から二階の天井が見えた。数は少ないが、壁には落書きが残されていた。ご丁寧に日付が添えられたものもある。

「二〇〇〇年、一月一日、ダイ……ダイ……これは多分『ダイスケ参上』と書いてある」

築井さんに促されるまま、俺は日付と落書きを読める範囲で読み上げる。そして所感を述べる。

「不良グループが残したものでしょうか。噂ではちょうど同じ頃、この島に行くと言っていた若者三人組が、その後行方不明になっているということです」

俺と落書きを撮っていた築井さんは、五秒ほど間を空けて言う。

「いいね、よくなったよ」

すぐに顔をしかめ、こめかみを押さえる。

声を掛けようとしたところで、彼はクルリとカメラレンズを自分の顔に向けた。

「ええー、朝から頭痛がします。全身が痛い。これは単なる疲れでしょうか」

無駄のない動きと自然な口調だった。真琴が感嘆の表情を浮かべていた。

「……よし、と」

録画を切った簗井さんは、こちらに笑いかけた。自嘲《じちょう》の笑みだった。

「まさか四十過ぎて、こういう仕事で食ってるとはなあ。最初の最初はアイドル誌をやりたかったんだが」

「『月刊KOPPA!』ですか」

かつてレギオンが出していた雑誌の名前を挙げる。簗井さんは「人の口から聞くのは久々だな」と寂しげに答えた。

不意に彼の全身が、ぶるっと大きく震えた。ハンディカムを落としそうになって、慌てて両手で摑《つか》む。

「どうかしましたか」

「いや……大丈夫、ちょっと寒気がしただけだ」

マジで風邪かな、と洟《はな》を啜《すす》りながら、簗井さんは言った。

温《ぬる》い風が伸び放題の草木を鳴らした。


床代島。

和歌山県の南西、徳島県の南東にある、周囲約二キロの小さな島だ。

かつては釣り人が多く訪れていたようだが、八〇年代半ば頃に潮の流れが変わったのか、全く釣れなくなった、らしい。訪れる人間は激減し、島で唯一の商業施設だった民宿も潰《つぶ》れ、経営者家族が出て行ってから、完全に無人島となった。

怪談めいた噂が流れるようになったのは、それから数年が過ぎた頃だった。

床代島を訪れた若者が、二度と戻らなかった。

誰もいないはずの島に、光が見えた。

行ってすぐ戻ってきた人間が、「幽霊を見た」「とても恐ろしかった」と真っ青な顔で証言した。

有名企業がリゾート開発を計画したが、立ち消えになった。調査に訪れた社員が「見た」からだ。うち何人かは行方不明になっている——

お決まりと言えばお決まりの怪談だった。だが、根拠らしきものはある程度判明している。

「島へ行く」と周囲に言った後、行方不明になった人間が何人もいるのだ。和歌山県に五人。徳島県に二人。大阪府に一人。先刻カメラの前で話した、不良の三人組もその中に含まれる。

失踪《しっそう》で最も古いのは一九九五年、釣り人の男性のケース。「あの島はまた魚が来るようになってるんじゃないか」と酒の席で語り、その翌週にいなくなった。釣り具やフィッシングウェアも一緒になくなっていることから、釣りに出掛けたのは間違いない。家族にもそう告げて家を出ている。

これまで取材した媒体はない。愛好家の間でも知名度は低い。ただ、和歌山や徳島の、主にヤンキーたちの間では周知され、定期的に話題になっているらしい。「決して足を運ぶな」「帰って来られなくなる」といった警告とともに。やはり心霊スポットというものは、本来的に彼らの文化なのだ。俺のような人間は所詮《しょせん》、彼らの後追いをしているに過ぎない。

築井さんに床代島の怪談を教えたのも、元ヤンキーの喜本《きもと》という男だった。大阪で不動産業をしているという。十五年前、ゴキブリ小隊の関西遠征で知り合い、以来、怪談の「情報屋」として何かと頼りにしているらしい。

「全然外に出てへん話みたいっすね、俺も一昨日《おとい》聞いたばっかりなんすよ」

電話で喜本はそう言ったという。

昨日、午前八時。

新大阪駅で築井さんと落ち合い、レンタカーで和歌山県のとある小さな漁港へ向かった。情報屋の知り合いが船を出してくれるという。

「随分と親切ですね、その情報屋サン」

運転しながら俺は訊《たず》ねた。「取材協力費を多めに払ってるんですか？　それとも築井さんが命の恩人だったりとか？」

助手席の彼は腕組みをしたまま、しみじみと答えた。

「ゴキブリ小隊の本だけは読めるんだそうだ。『バチクソおもろいっすわ』だと」

途中、ロードサイドに車を停め、聞き込み取材をする。やはりというべきか、床代島について「聞いたことがある」と答えたのはヤンキーか、元ヤンと思《おぼ》しき雰囲気の人間だけだった。新たな怪談や噂話も聞いた。「浜辺に人影がいくつも並んでいるのを漁師が見たらしい」「漁師に気付くと一斉に〝帰れ〟の仕草をしたらしい」「かつて覚醒剤《かくせいざい》の工場があったらしい」「半グレがマジックマッシュルームを栽培していたらしい」……

特に面白い話、新鮮な話は聞けなかったが、怪談の根拠が人死にや事件ではなく、薬物なのが少しばかり興味深い。この界隈《かいわい》ではそっちの方がリアルなのだろうか。

「それか本当に、反社会的な施設があったのかもよ。野崎くん」

「どうでしょう」

撮影は既に始まっていた。普段どおり会話したつもりだったが、「緊張してる?」「カッコつけなくていいよ」と何度も指摘された。何一つできない二十代前半に戻ったような気がした。

漁港に車を停めた頃には夕方になっていた。赤い空と海を眺めながら待っていると、背後から声を掛けられた。縦にも横にも大きな、金髪丸刈りの青年だった。膨らんだ顔の細い目で俺を睨《にら》む。

「床代島、行きたい言うてる人らっすか。取材かなんかで」

「そうです、そうです」

答えたのは築井さんだった。にこやかに挨拶《あいさつ》をする。

「この度は船を出してくださって、ありがとうございます。助かります」

「喜本さんには世話になってるんで、まあしゃーないっすわ」

青年はぶっきらぼうに言い捨てると踵《きびす》を返し、のしのしと歩き出した。付いてこい、ということか。いずれにしてもまるで歓迎されていない。俺たちは顔を見合わせて、青年の後を追った。


小さな漁船だった。

青年の操縦は素人目にも荒っぽく、漁船は飛び跳ねるように海上を走った。

彼は船上での撮影を拒否した。築井さんが交渉しようといくつか条件を出したが、青年は「無理っす」「せやから無理やって」と繰り返すばかりだった。

俺たちは黙って甲板に座り込み、激しい揺れに耐えた。

出港から二十分ほど経った頃だろうか。築井さんが立ち上がった。手ぶらで操縦席に向かい、しばらくして戻ってくる。その顔には奇妙な表情が浮かんでいた。嬉《うれ》しいようにも、不安なようにも見える。

「どうしたんですか」

「いやあ、訊《き》いてみるもんだね」

築井さんは青年に、駄目元で怪談について訊ねてみたという。

当初は「興味ないんで」と無愛想に返すだけだったが、青年はやがてこんなことを口にした。

「兄貴が一昨年《おととし》くらいに、おんなじことしたらしいっすわ」

「同じこと……ああ、こうやって船で、島に連れてった？」

「そう。なんか行きたがってて。ホームレスみたいなジジイやったけど、金は持ってたらしい」

青年は前方を向いたまま、

「二泊やったかな。たしか」

「ああ、そこも俺らと一緒だね」

「そんで約束どおり、夕方五時に迎えに行ったら……」

たっぷり一分は黙ってから、言った。

「ばけもんが出てきた、って」

簗井さんは黙って先を促した。

「……船着き場で待っとったら、明らかにジジイとちゃうヤツが、遠くから歩いてきたらしいっす」

操縦桿《そうじゅうかん》を握る手に力がこもっている。

「ギリで人の形した、ホコリの塊みたいなヤツやった──って、言うてました。目も鼻も口もない。西日のせいで色までは分からんかったけど、多分灰色で……あと、ボロボロ崩れとったから。崩れながら、手をダラッて垂らして歩いてきよったらしい」

「……それで？」

「『あ、ヤバい』て思て、慌てて船出したらしいっす。何か分からんけど、絶対関わったらあかんやつや思て。ジジイも絶対あいつにやられたんやって」

予想外の話にとうとう絶句した簗井さんを一瞥《いちべつ》して、彼は言った。

「それをオレに説明してる時の、兄貴の顔……ちょっと見てられへんかった。まあ、今も漁師は続けてるけど」

青年の頰はいつの間にか、汗で濡《ぬ》れていた。つとめて穏やかに、簗井さんは訊ねた。

「今日のこれのこと、お兄さんには言ったの？」

「言うかいや」

青年は鼻を鳴らした。ややあって、「せや」と口を開いた。

「逆に訊くけど、兄貴が見たん、何なんすか？　専門家すよね？」

簗井さんは咄嗟《とっさ》に、「今はまだ、何とも言えないね」と答えた。

青年は溜息《ためいき》を洩《も》らした。もう何も言わない、という強い決意が、しかめっ面に満ち満ちていたという。簗井さんは礼を言って、操縦席を出た。

日が沈みかけた頃、床代島に着いた。

俺たちが下りるなり船は乱暴に旋回し、派手に水飛沫《みずしぶき》を上げて引き返していった。簗井さんはいつの間にかスマホを構えていて、猛スピードで去り行く船を録画していた。小声でつぶやく。

「モザイク越しで伝わるかなあ、あの全力で逃げてる感じ」

三

元民宿に荷物を置き、俺たちは海岸部から、本格的に島を調査することにした。

砂浜はほとんどなく、大半は尖《とが》った岩がひしめく磯だった。

釣り具の残骸《ざんがい》など、かつて人が訪れていた痕跡《こんせき》はそこかしこに見つかるが、一目で興味を惹《ひ》かれるようなものはない。日差しは真夏のように強く、ただ歩いているだけで汗が止まらなくなった。サファリハットを目深に被《かぶ》り、首に巻いたタオルで何度も顔を拭《ぬぐ》う。簗井さんの回すハンディカムに時折視線を向け、彼と会話する。ダメ出しはなくなっていた。どうやら自然に喋《しゃべ》れるようになったらしい。

真琴は俺の後ろで軽快に岩を渡っていた。

断崖《だんがい》に足止めされることもなく、きれいに島を一周したところで、異変は起こった。

簗井さんが一際大きな岩の上で、磯を撮りながら喋っている最中のことだった。

「いや、それにしても暑いですねえ。ちょっとフラフラします。野崎くん、次はどうしようね？」

「奥へ行ってみましょう」

「だよねえ。よっしゃ、頑張りますか」

青々とした林の方へとレンズを向ける。ハンディカムの液晶画面から顔を上げたところで、彼は怪訝《けげん》な表情を浮かべた。

「え……おい」

再び画面を覗《のぞ》き込む。また顔を上げ、また覗き込む。

口が開いていた。

大きな目を更に見開き、林を凝視している。

「築井さん！」

真琴が築井さんの岩へと跳ぶ。俺は全身を軋《きし》ませて岩を這《は》い上る。

「何かあったんですか」

俺が肩を叩《たた》くと、築井さんは我に返った。

「悪い、ちょっと、チェックしていいか」

俺の返事を待たずハンディカムを操作し、ついさっき撮った動画を確認する。

おかしなものは何も映っていなかった。青い空、青い海、ゴツゴツした磯の岩。築井さんの声、答える俺。そして林。

三度繰り返して観たところで、彼は大きな溜息を吐いた。

「疲れてんだろうなあ」

「どうしたんですか」

「何でもない。気のせいだ、気のせい」

築井さんはことさらに笑顔でそう返すと、岩から飛び降りた。そのまま速足で、林の方に向かう。

「何も……感じないよ。感じないけど」

真琴が彼の背中を見つめながら、不安そうに言った。

林に足を踏み入れた。獣道はすぐに途絶えてしまい、道なき道を進む。木々が日差しを遮るので浜辺を調査していた時よりはマシだが、蒸し暑いことに変わりはない。おまけに地面が妙に柔らかく、踏み込みが利かない。歩くのも一苦労だった。築井さんは俺の後ろに回り、斜め後ろから俺を撮り始めた。

「野崎くん、歩きにくいね」

「ですね。踏み固める人間も、獣もいないから、でしょうか」

「どうだろう。歩きにくさという点では富士《ふじ》の樹海といい勝負だけど、ベクトルはまるで違うよね。あっちはほら、地面が溶岩だから固くて、木が根を張れないんだ。だから地表に出た根と岩でデコボコしてて、物凄《ものすご》く歩きづらい」

「そうなんですね」と真琴。

「初めて樹海に入った人は、よく足をグネるよ。そうだ。そこの木、軽く揺らしてみて。そう、その太い木」

指示されるまま、俺は木を押してみる。大して力を入れていないのに、木はワサワサと音を立てて、大きく揺れた。足の下にも震動を感じる。身の危険を感じて後ずさると、築井さんが「なるほどねえ」とつぶやいた。

「本当に樹海の逆だ。柔らかすぎる。疲れてても木に体重預けるのはNGね」

「気を付けます。運動不足なので」

「だよねえ」

真琴が笑う。

「もうヘトヘトだもんなあ」

築井さんは俺を撮りながら、楽しげに言った。完全に元の築井さんに戻っていた。

数分進んだところで、倒木に進路を遮られた。酷《ひど》く腐食していて、皮だけが辛うじて残っている。その皮も見ている間にボロボロと、端から崩れていく。灰色の木屑《きくず》が辺りを舞っていた。

飛び越えようとしたその時、近くの木の枝に何かがぶら下がっているのが見えた。古びたリュックサックだった。元は黒い生地だったのだろうが、日に焼けて全体的に赤茶けている。

「人の痕跡ですね」

「いいね。見てみよう」

撮影しながら近寄り、リュックを枝から引き抜く。

中身は空だった。

落胆の溜息を漏らしたところで、サイドポケットから何かがはみ出ていることに気付く。

小さな手帳だった。

雨風に晒《さら》されよれよれになっていた。注意深く取り出し、そっと開く。パリパリと乾いた音がするのを、築井さんがハンディカムを近づけて撮っている。

「……どうやら、日記みたいですね」

俺は言葉にした。

「日記」

築井さんが繰り返す。その顔には「いいね」と言わんばかりの表情が浮かんでいる。

「ちょっと、読んでみます。構いませんか」

「うん」

彼は答えて、録画を止めた。

手帳の中身は「どうやら」ではなく、本当に日記だった。おまけに日付から察するに、〝ホームレスみたいなジジイ〟の書いたものらしい。船を出してくれた金髪青年の兄の手引きで、一昨年《おととし》にここを訪れた人物だ。

　大部分は判読できなかったが、彼がわざわざこの無人島に来た理由だけは、分かりすぎるほど分かった。

　床代島が釣り場として賑《にぎ》わっていた頃、何度も足を運んでいたようだ。手帳の前半には、その頃の思い出ばかりが綴《つづ》られていた。ボールペンで書かれた乱雑な文字が、びっしりとページを埋めていた。

〈[redacted]から一旦《いったん》帰宅して、それからサニーで白浜へ。車中、泰明《やすあき》はウルトラマン80の人形を忘れたことに気付いて愚図ったが、船に乗る頃には機嫌が直っていた。いつも[redacted]おり道明《みちあき》、優子《ゆうこ》、泰明、私の順で定期便に乗り込む。いざ、床代島へ[redacted]〉

〈鰺《あじ》が豊漁だった。特に[redacted]の釣り上げたものが三十センチ近い大物。手伝おうとすると「自分でやる」と頑張って、最[redacted]一人の力で釣り上げた。息子の成長、それも兄の道明に比べて発育が遅く、甘[redacted]ん坊だった次男の成長を目の当たりにした瞬間だった。まるで昨[redacted]こ[redacted]のように思い出せる。あ[redacted]日は二[redacted]帰ってこない。どれ[redacted]ど願って[redacted]焦がれても、戻[redacted]てこない。ああ、優[redacted]、道[redacted]、泰[redacted]、全て私の至らなさ故だと分かっているが、せめて一度だけでも[redacted]〉

〈最後に床代島に行ったのは忘れもしない１９８７年８月17日だった。盆に[redacted]子の実家に帰省し、その足で[redacted]った〉

〈夢を見た。また床代島の夢だった〉

〈また床代[redacted]夢を[redacted]〉
〈警備員[redacted]仕事[redacted]へ無理[redacted]何歳まで[redacted]なければ[redacted]独死[redacted]〉
〈目が覚めたと同[redacted]に、一つの計画が天啓[redacted]ように頭に降りて[redacted]。こんな生活を続けるよりは[redacted]、床代島へ[redacted]う。定期便はもうないが、方法なら[redacted]でもある。金[redacted]で工面すれば充分だろ[redacted]〉
〈いざ、床代島へ〉

孤独な老人が、かつての家族を懐かしみ、家族との思い出の地へ向かうことを決意した。そして実行に移した――ということなのだろう。ありふれてはいるが、くだらないと斬り捨てる気にはなれなかった。

傍らで覗き込む真琴も、悲しげに顔をしかめていた。

日記は続いていた。床代島へ向かう船内で書いたと思《おぼ》しき箇所は、揺れと興奮のせいかガタガタに乱れ、ほとんど読めない。〈30万〉〈食料と水〉〈無意味〉だけは分かった。

掻《か》い摘《つ》まんで簗井さんに説明すると、彼は「ほうほう」「いいね、いいね」と嬉《うれ》しそうに相槌《あいづち》を打った。下世話な感想だが同感だ。残された手記、島への思い。この日記は「使える」。俺はスマホで何枚か、手帳の写真を撮った。

「気になるのは、彼がこの島に〝置いていかれた〟点です」

ばけもんに恐れをなし、逃げ帰った――金髪青年の証言を信じるなら、老人はこの床代島に放置されたことになる。

「だね」と簗井さん。

「それって……」と真琴が言葉を濁す。

「とにかくそれ、続きを読んで。何か分かるかもしれない」

簗井さんに促され、俺は再び日記のページを捲《めく》った。


〈遂に来た〉

日記には島に着いた時の感慨が、簡潔に記されていた。

廃墟《はいきょ》と化した民宿に足を運び、かつての家族との思い出を反芻《はんすう》する。前半と重複する部分が多いが、気になる記述もあった。

〈林に足を運んだがすぐに引き返す。足が沈んで上■■歩けない。■■■■ではなかったはず。人がいなくなって三十■も経てばこうなるのか〉

〈頭が痛い。身体が怠《だる》い。■■熱はないが、ここへ来■風邪だろうか。もちろん薬の持ち合わせな■■■。大人■くすることにする〉

〈オニギリ喉《のど》を通■ず。水のみで過ごす〉

〈懐中■■の光だけでは■■■■書いておこう〉

〈眠■。とても暑く苦痛はあるが、心は穏やかだ。もっと早■■ればよかった〉

林の地面は今と同様に柔らかい。俺たちと同様に体調を崩している。単なる偶然だろうか。

何気なくページを捲って、俺は目を見張った。

〈優子がいた。優子と話し[redacted]〉

「どういうこと？」

真琴が訊《たず》ねた。

俺は答えず、続きを読む。

〈夢ではな[redacted]。夜明けだ。朝の光だ。自分の頬を[redacted]も[redacted]がやはり現実だ。今、朝の光の中[redacted]れを書きながら、私は優子と[redacted]いる。目の前にいる優子。この[redacted]帳を覗《のぞ》き込んで[redacted]笑む優子。私の手に触れる優子。その手。手の甲の真ん中にある黒子《ほくろ》。この文章を読んで恥ずかしそうに笑[redacted]そして涙ぐむ優子。「嬉[redacted]い」と言った。その声。少[redacted]鼻にかかっ[redacted]その声。優子。あの時の、あの一番楽しかった頃の優子〉

妻らしき女性の名を繰り返し、彼女への思いを書き綴っている。いや、書き殴っている。てにをはが徐々に乱れ、句読点は消えうせ、横書きだった文章は縦横斜めに、文字も大小が不揃いに、メモ書きも同然になる。

そして。

〈道明、泰明〉

〈[redacted]父さ[redacted]が悪かっ[redacted]許してほしい〉

〈ありがとう。ありがとう。ありがとう〉

〈こんな[redacted]を父さんと呼んでくれる[redacted]て私は幸せ[redacted]〉

〈もう思い[redacted]すこ[redacted]何も[redacted]〉

〈死ん[redacted]いい〉

文字が滲《にじ》んでほとんど読めない。紙もこの辺りだけは特に皺《しわ》が多い。

泣きながら書いた、ということか。

真琴が視線で同意を示した。

何も書かれていないページが続く。これで全部か。ということは、この日記の記述者はおそらく……

そう考え至った、まさにその時。

〈これは何だ〉

見開きに大きくそう書かれていた。

紙は酷《ひど》く汚れていた。灰色の染みが広がっている。同じ色の細かい粒子が冊子のノドに溜《た》まっている。

〈やめてくれ〉

〈そういうことか〉

〈これは[redacted]だ。すべて[redacted]〉

〈この島の[redacted]だったのかもしれない〉

〈[redacted]寄るな〉

〈とりあえずあいつらを撒《ま》いてこれを書いているが、それもいつまで持つかわからない。

何故なら〉

〈あれは[redacted]子じゃない。道[redacted]でも泰[redacted]でもない。違う違う違う絶対に違う〉

〈でも違ったところでなんだろうもうどうでもいい偽者でもいい[redacted]これは正気を保つために書いていると分かったでも正気なんて[redacted]〉

〈ゆうこ　みちあき　やすあき〉

〈ゆうこ　みちあき　やすあき〉

家族の名前が震える字で、何度も書かれていた。ページの表面は灰色の粉にまみれ、指の腹に付着する。俺はページを捲る。

そして。

〈かけない〉

〈これは〉

日記は——当初日記だったものは、唐突に終わっていた。最後の数枚が破り取られていた。

ふうう、と長い溜息《ためいき》が、自然と漏れた。

真琴が食い入るように手帳を見つめている。

自分が地面に腰を下ろし、背中を丸めていることに気付いた。少し伸びをするだけで、身体がミシミシと悲鳴を上げる。

呼吸を整えて、俺は振り返った。

「簗井さん、これは……」

最後まで言えなかった。

彼は林の奥を、血走った目で見つめていた。

顔は真っ青だった。カメラを持つ手が震えている。

「何で今更……何で今更……」

掠《かす》れた声で繰り返している。

「簗井さん？」

真琴が呼んだが反応しない。

「簗井さん」

俺は声を張った。痛みを堪《こら》えて立ち上がる。

「どうしたんですか簗井さん？」

二度呼びかけてようやく、彼はハッとしてこちらを向いた。

「何でもない」

「いや、そんな風には少しも……」

「だから何でもないって」

俺は一瞬迷ったが、押し通した。

「すみません、この流れでそれは通りませんよ。説明してください」

言った途端、疑念が頭を掠める。

これらは全て演出ではないだろうか。「本物」を撮ることはとっくに諦《あきら》め、芝居を打っているのでは。端《はな》から騙《だま》すつもりで俺を呼んだのでは――

多少の演出はしても捏造《ねつぞう》は決してしない。簗井さんをそう見なしていたが、買いかぶりすぎだったのだろうか。

有り得る。充分に有り得る。何故なら――

「裏切るような真似はしていないよ」

簗井さんは静かに言った。

真琴がオロオロと俺たちを交互に見ていた。

「信じてくれ」

その目も、言葉も、俺を担いでいるとは思えなかった。

呼吸を整えて、俺は言った。

「ええ、そうします。でも、だったら一体」

「俺にも分からん。分からんが」

彼は俺にハンディカムを向けて、

「姿が見えて、声が聞こえるんだ。すぐ消えるし、撮れないけどな」

「何をですか」

訊《き》いたのは真琴だった。

やはりそうか。

日記と符合する。日記の主と同じことが、俺たちの身にも起こっている。

築井さんは戸惑う素振りを見せたが、やがて、

「実は、さっきから、こ」

そこで急に黙った。

瞼《まぶた》が裂けそうなほど目を見開いていた。視線は俺の背後に注がれている。

振り返っても何も見えなかった。真琴もきょとんとした顔で、俺と同じ方を見ている。

「何が言いたい？」

築井さんが訊《たず》ねた。

「え？」俺と真琴が同時に訊ね返す。

「やめろ」

不意に彼は歩き出した。乱暴に俺を押し退ける。「築井さん、何を……」

「やめろって言ってるだろ。終わったことだろ。俺は関係ないだろ。何で……何で俺の前に出てくるんだ？　何で？」

徐々に声が大きくなっていた。

木々に向かって問いかけている。問い詰めている。

「幻覚だ。そうだろ。こんなとこにお前なんかいるわけがない。そうだろ？　なあ？」

そこで立ち止まる。すぐに「うっ」と一歩下がる。ハンディカムを持った右手の手首を、左手で押さえている。

「簗井さん」俺は呼んだ。

「何なんだよ」

「いや、簗井さん……」

「何なんだよ、リョウケッ！」

そう叫ぶなり、簗井さんは林の奥へと駆け出した。獣道から出て茂みへと分け入っていく。

「行こう」

真琴が俺の返事を待たずに走り出す。

頭痛が更に激しくなっていた。痛む頭を押さえながら、俺は二人の後を追った。


どれくらい走っただろうか。

「野崎！」

真琴の声に導かれて向かった先で、俺は足を止めた。

大きな木が幾本も、折り重なるように倒れていた。来たときに見たものより更に腐食している。

その手前に、簗井さんがうつ伏せに倒れていた。傍らで真琴が跪《ひざまず》いて呼びかけている。

簗井さんは断続的に呻《うめ》いているが、目は固く閉じられたままで、起き上がる気配はない。髭面《ひげづら》に苦悶《くもん》の表情が浮かんでいた。

近寄ろうとしたところで、踏み込んだ地面に違和感を覚えた。理由に気付いた途端、足が竦《すく》む。

人間の骨だった。

灰色の人骨が、辺りの地面を埋め尽くしていた。頭蓋骨《ずがいこつ》、肋骨《ろっこつ》、肩甲骨。太く長いのは大腿骨《だいたいこつ》だろう。大半は粉々になっているが、いくつかは判別できる。間違いなく一人や二人のものではない。

築井さんは、骨の上に倒れているのだ。

彼がだらりと伸ばした手の先に目を向けて、俺は息を呑《の》んだ。

倒木に人が凭《もた》れていた。

いや——かつて人だったものが。

死体だった。

ほとんど骨と化していた。

衣服はボロ雑巾《ぞうきん》も同然に朽ち、頭蓋骨は大部分が欠けていた。片方の手に紙切れが握られている。手帳と同じサイズ。同じ罫線《けいせん》。もう片方の手にはボールペン。

日記を書いた老人だ。一作年ここに来た、ホームレスみたいなジジィ。

強烈な目眩《めまい》を覚えながら、俺は築井さんに駆け寄った。

四

「野崎」

真琴の声で目を覚ました。大きな目で心配そうに俺を覗《のぞ》き込んでいる。

暗かった。

どうやら元民宿の二階にいるらしい。俺のテントの前のＬＥＤランタンが、ぼんやりと辺りを照らしている。

どうしてここにいるのか。どうして俺はテントでなく、汚れた床に寝そべっているのか。思い出そうとすると頭が激しく痛んだ。思わず呻き声を漏らすと、真琴が「大丈夫？」と俺の頬に触れた。

「水、あるよ」

「ああ……すまない」

俺はペットボトルを摑《つか》んだ。温《ぬる》い水をロキソニンとともに飲み干し、汗まみれの顔をタオルで拭《ぬぐ》う。呼吸を整えているうちに少しずつ、記憶が戻ってくる。そうだ。俺は築井さんを背負って、ハンディカムを拾って、この元民宿に戻ってきた。その後すぐ力尽きて床に寝そべった。いや、違う。たしかその前に――

物音がした。

築井さんのテントからだった。ランタンの光はほとんど届かず、中で黒いシルエットが起き上がるのが、辛うじて見える。

「築井さん」

俺の呼びかけに、彼は「んん？」と疑問形で答えた。痰《たん》の絡んだ咳払《せきばら》いを繰り返し、掠れた声で言う。

「何で、ここにいるんだ？　確か俺は、倒れて……そうか、野崎くんが運んでくれたんだな」

「ええ」

「すまん。大変だったろ」

「大変でしたよ」俺は冗談めかして答えた。「こんな肉体労働をする羽目になると分かってたら、ギャラの交渉はもっと粘ってたでしょうね」

「ふふ」と真琴が顔を綻《ほころ》ばせる。築井さんもフッと鼻息だけで笑う。

空気がわずかに弛《ゆる》んだ。と思った時には元通りに張り詰めていた。当然だった。今のこの状況は少しも楽しくない。

重苦しい沈黙を破ったのは築井さんだった。

「そうだ、カメラは？」

「拾ってきました」

俺は足元に転がったハンディカムに目を向ける。

「動画も確認しました」

言葉にしながら思い出していた。

真琴とここに戻り、簗井さんをテントに寝かせ、息切れが収まってから、俺はハンディカムを確かめた。幸いにも故障はしておらず、録画したものを見ることはできた。

座り込んで手帳を読み耽《ふけ》る俺を、斜め後ろから撮った映像がしばらく続いた後、不意に大きくブレる。振り返ったのだ。

木々と地面があるばかりで、他には何も映っていない。

また振り返る。何も映っていない。

またしても振り返る。何も映っていない。

〈簗井さん、これは……〉

俺の声がした。何度も呼びかける。

簗井さんは俺にカメラを向けて答えるが、俺は納得しない。

〈すみません、この流れでそれは通りませんよ。説明してください〉

立ち上がった俺が、カメラ目線で問いかける。

俺と簗井さんの会話が続く。突然、彼が黙る。カメラは俺の背後にズームする。草木以外は何も映っていない。

〈何が言いたい？〉

簗井さんは俺を押し退け、見えない何かを問い詰める。怒鳴る。そして走り出す。画面は激しく揺れ、聞こえるのは足音と草を掻《か》き分ける音、そして激しい呼吸音。画面酔いを起こさないように注意しながら、俺は映像を観ていた。

　やがて倒木が見える。

　揺れが次第に収まっていく。息切れした築井さんは、倒木の前で足を止める。彼の汚れたスニーカーが画面に映し出される。

「ひっ」

　彼は声を上げる。自分が踏んでいるものが人骨だと気付いたらしい。後ずさってすぐ、動きを止める。震えるカメラが、倒木に寄りかかった死体を捉《とら》える。

　辺りには細かな木屑《きくず》が舞っていた。木漏れ日を受けてキラキラと輝いている。

「訳分かんねえよ……」

　泣きそうな声で築井さんは言った。ゆっくり画面が傾く。大きな音と激しい揺れ。カメラが地面に叩《たた》き付けられたらしい。横倒しの画面に倒木と、倒れた築井さんの顔が映っていた。

　早送りすると、およそ十分後に画面が揺れた。画面に俺の顔が大写しになる。そこで録画は終わる。

「どうだった？　野崎くん。何か撮れてた？」

　テントの中から築井さんが訊《たず》ねた。

「心霊っぽいものは何も」

俺は正直に答えた。真琴が残念そうに肩を竦める。

「そうか……まあ、そうだろうな」

築井さんは言った。俺は自分のリュックサックから、煙草のケースを引っ張り出す。

築井さんに断ってから吸う。

俺は日記の、島に着いてからの記述を大まかに、彼に語って聞かせた。そのうえで頼む。

「何を見たんですか。教えてください」

彼は長い溜息《ためいき》を吐いて、答えた。

「幼馴染《おさなな》じみだよ。小中高、ずっと一緒だった」

ガサゴソと、テントの中で座り位置を変える。

「高校の時に、部室で死んでな。野球部だった。部活が始まる前に、急に倒れたんだ。急性心不全で事件性はなかったんだが……そいつが見える」

ここで咳《せ》き込む。

「そいつは……そいつは部内で、イジメの標的になってた。イジリとイジメの境目を狙った、卑劣なやり口のな。あいつの急死を最初に聞いた時は、真っ先に自殺を疑ったよ。でもそうじゃなかった。イジメのストレスかもしれないが、その辺は確かめようがなかった」

何度か言い淀《よど》んで、

「領家《りょうけ》の――それが幼馴染みの名前なんだが、領家の前は俺が標的だった。俺がイジメられて、あいつが庇《かば》って、そしたら――っていう、よくある流れだ」

搾り出すように言った。

「そうなったのに、俺はどうもしなかった。いや、逃げた。野球部を辞めたんだ。最悪だろ。あいつは俺に何も言わなかった」

冷静に喋《しゃべ》っている風を装っていたが、途中で声が上ずったのを、俺は確かに聞いた。

「東京の大学に進学して、レギオンにアルバイトで入って、仕事して……その間も、ずっと気になってた。そんな時、実話怪談本を作るってなって、何冊も何冊も編集して、ライターが飛んだ時は自分で取材したり、書いたりもして」

「大変ですね」真琴が口を挟む。

「でも、どうしても一篇足りなくて、時間もなくて……それで、でっち上げた。見てもいない幽霊を見たかのように書いて、領家の怨念《おんねん》が野球部の連中に復讐《ふくしゅう》する、そんな風に読める話を、さも実話です、人から聞いた話ですみたいな顔して載せた」

「ずっと前に読んだ記憶があります」

俺はそれだけ言った。

実話怪談本に創作が交じっていたこと、彼がそれに加担したこと、それをこんな場で、明け透けに打ち明けられたこと。それらに対する落胆はあった。だが今はそれどころではない。

「それで何か、スッキリしてな。思い出すこともほとんどなくなった。勝手だろ。でも本当なんだ」

「それで？」

「その領家の姿が、見えるんだ。この島に来てから、はっきりと。最初は海岸を見て回った時だ。高校の時の制服を着て、丸刈りでな。睨《にら》んだらどこかに行く。少ししてまた現れる」

こめかみを指先で押す。頭痛がするらしい。

俺の頭も酷《ひど》く疼《うず》いていた。薬が効いていない。全く効いていない。

「領家のやつ、笑ってるんだ。ニコニコしてるんだ。俺は逃げたのに。俺は見捨てたのに。おまけに話しかけてくる。まるで雑談するみたいに、普通に」

途中から早口になっていたことに気付いたのか、ふっ、と小さく笑い声を漏らす。

「今もいる。そこに、野崎くんの斜め後ろの、壁際にな。たまに会話に交じってる」

指で示す。

俺は振り返るが、もちろん誰もいない。人影と間違えそうな物もない。

「野崎くんには見えないよな」

「ええ。何も」

「わたしにも見えない。どうなってるの……」

真琴が首を傾げる。

「映像にも撮れていない。音もだ」と簗井さん。

「ええ」

「どうしようかなあ。これ」

彼は言った。テントの中で窮屈そうに「お手上げ」の仕草をする。投げやりな口調で再び話し出す。

「霊の証拠は一切残っていない。骨と死体の映像で喜ぶ客なんて、今時そう多くないよ。モザイクもかけなきゃだしな。野崎くんだって俺のこんな話、信じられないだろ。俺が見た見たと言い張ってるだけの、しかも島由来でもない話なんて――」

「信じますよ」

俺はきっぱりと言った。

「むしろ納得できます。色々と筋が通る」

え、と声を漏らした簗井さんに、

「要するに、簗井さんはその幼馴染みの、領家さんという方に会いたいんですね？　会って謝罪するのか弁解するのかはさておき、とにかく会って話がしたい。誰よりも、だ。違いますか？」

「そう……だな。ああ、そうだ。誰よりも領家と話したいよ。それが何？」

「この島に足を踏み入れた人間は、会って話したい、でも話せない誰かの姿を見る。そして声を聞く。例外なく全員が、です。理由は分かりませんが、そういう仕組みになっている。日記の主は生き別れた妻子を、簗井さんは死に別れた幼馴染みを。そして——

俺は、妻を」

そこまで言って、傍らの真琴に目を向けた。

五

「妻……奥さんが？」

簗井さんが訊ねた。

「ええ」

「話せない、って……？」

「今は関西の病院に入院しています」

「どうして」

「色々ありましてね」

俺は遠回しに説明を拒んだ。

「ちょっと野崎、何言ってんの。わたしはここにいるよ」

真琴が頬を膨らませる。

俺は彼女を無視して、簗井さんに話しかける。

「今、妻は俺に話しかけましたが、簗井さんには聞こえませんでしたよね？」

「あ、ああ」

彼は戸惑いながら答える。

「築井さんの幼馴染みも、俺に何度も話しかけてるんじゃないですか。会話に参加したり」

「そうだ」

「でも俺には聞こえない。互いが異なる幻覚を見て、異なる幻聴を聞いている」

「何でそんな」

「この島ではそうなる、としか言いようがありませんね。今のところは」

俺が答えると、築井さんはがっくりと項垂《うなだ》れた。暗くてほとんど見えないが、シルエットで分かる。

真琴が俺の手の甲に触れた。

そうしているのが見える。彼女の指と、掌《てのひら》を感じる。

「野崎。会いたかったよ。こうやって会って、話したかった。ずっと」

囁《ささや》き声で言う。

答えずにいると、真琴は悲しげに俺を見つめた。築井さんが訊《き》く。

「いつからだ？　野崎くんはいつから、奥さんの幻が見えてた？」

「今朝からです」

「何で、黙ってた？」

「こんなもの、記事にできないからです」

俺は言った。本心で言ったつもりだったが、自分で嘘だと気付いた。

記事にできないからではない。

記事にしたくなかったのだ。

取材先で妻の幻影を見た、おまけに会話したなどと、不特定多数に知らせたくなかったのだ。「プライベートを切り売りしたくない」などと、三流ライターの分際で思ってしまったのだ。正気を失いかけている自分を認めるのも嫌だった。

自嘲《じちょう》の笑みを浮かべているのが、頬の痙攣《けいれん》で分かった。

「野崎……」

真琴が俺の手を引く。

「ごめんね、ずっと寝てて。だからこうやって、会いに来た」

俺は答えない。

「朝は普通に話してくれたよね」

俺は答えない。

いや、こっちの真琴を受け入れそうになっている自分を、認めてはいけない。

「消えろ。お前は幻だ」

「違うよ。わたしはわたしだよ。野崎真琴」

「やめてくれ」

「ねえ野崎」

「ふふっ」

笑い声の主は簗井さんだった。テントからのそのそと這《は》い出る。

「奥さんが本格的に話しかけてるんだろ？　昼間の俺みたいだな」

林で走り出す直前のことを思い出す。

「領家が話しかけてきてな。遊ぼうや、放課後お前ん家《ち》に行くわ——って」

あの錯乱していた時か。

「ということは、野崎くんもそろそろかもな」

簗井さんは謎めいたことを言った。

「どういう意味です？」

率直に訊《たず》ねる。

「始まるんだよ」

「すみません、分からない」

「そうかあ。気付きそうなものだけど」

簗井さんのシルエットが中腰になった。ゆっくり歩き出す。

「ずっと話しかけられてるとな、ちょっとずつ、ちょっとずつ……」

ランタンの光が照らす中に、足を踏み入れる。

俺は目を見張った。

築井さんの手が異様に腫《は》れ上がり、おまけにヌラヌラした灰色に染まっていた。表面に幾つもの穴が空き、同じく灰色の粉を吹いている。爪は全て剝《は》がれ、根元だけで辛うじて指先に引っ付いている。

首も同じように腫れていた。

そして。

顔はもう、顔ではなかった。原形をとどめていなかった。

大量の、埃《ほこり》の塊。

見ている間にも、ボロボロと崩れ落ちる。生温《なまぬる》い風に流され、部屋に漂っている。目も鼻も既に失われている。

辛うじて形を保っている口が動いた。

「こう、なるんだ。そしていっしょにむこうに、い、い、そうか、そうか」

膨れた手を伸ばす。

考えるより先に、身体が動いた。弾《はじ》かれたように立ち上がり、俺は全力で出入り口へと駆け出した。

「わかったぞっ!」

築井さんが吠《ほ》えた。

「おれは、ここにくるために、こうなるためにこのしごとをしてきたんだ、そうだな、そうだよなりょうけ! なあ!」

風の鳴るような声だった。

スマホのライトで前方を照らしながら、俺は走った。とにかく遠く離れたかった。沈む地面に足を取られ、固い岩に躓《つまず》き、それでも走る。走りながら考える。勝手に考えてしまう。

あれは。あの姿は。

ばけもんだ。

行きの船で簗井さんが、青年から聞いた——

青年の兄が、床代島で目撃した——

灰色の、埃でできた、ばけもん。

きっと青年の兄が見たのは、日記の主の成れの果てなのだ。日記の終盤で混乱していたのは、このためだったのだ。

日記の主はああなった。簗井さんもああなった。であれば。

俺は気付いてしまう。

今の俺は。

俺の身体は。

叫び出しそうになったその時、

「野崎、おいでよ」

耳元で声がした。

真琴の声だった。

「ずっと一緒にいよう、この島で。ね？」

聞こえないふりをする。

視界の隅に真琴の身体が見える。手が見える。

「わたしはもう助からない。でもここでなら、こうして一緒にいられる」

黙れ。

黙れ。

「だから、ほら」

頭が弾けそうなほど痛い。

関節がバラバラになりそうだ。

自分の身体は今どうなっているのか。脳裏をよぎるのはランタンの灯《あか》りに浮かび上がった、簗井さんの顔と手だった。

「お願い」

背後から抱き締められる。

いるはずのない真琴の手が、俺の胴に回る。背中に頭が当たっている。

感じるはずのない温もりを感じた。重さを感じた。

走る速度を落とす。ゆっくりと止まる。そして身体に回された、真琴の腕を握る。

これでいい気がした。

ここで真琴といるのが。

たとえ身体が崩れても、ここでなら。真琴となら。

力が抜ける。頭の痛みが和らいでいく。その場に座り込もうとした、まさにその時。

遠くに何かが見えた。

暗闇の中で光っている。

何度も瞬《まばた》いてようやく、自分が波止場の近くまで来ていることに気付いた。夜空は雲に覆われ星も月も見えず、空と海の境も分からない。

そんな闇の中に、光が見えた。

こっちに向かってくる。エンジン音がする。波を掻《か》き分ける音もする。近付いてくる。

小さな船だった。

俺たちをここまで運んでくれた漁船だった。

操縦室の照明が灯《とも》っていて、金髪の青年を照らしている。その後ろにもう一人、そっくりな顔をした大男がいる。どちらも顔を引き攣《つ》らせてこちらへ船を走らせている。

何故、どうしてここに、こんな時に。

疑問が身体を動かした。落としかけた腰を上げ、波止場へと歩き出す。

「駄目だよ」

真琴の囁《ささや》き声がした。手に力が入っている。俺を行かせまいとしている。

「野崎」

俺は歩いた。ただ前へ。船の光の方へ。岩場を抜け、アスファルトを踏みしめ、波の音を聞きながら。

波止場に付けた船から、人が二人下りてくるのが見えた。逆光で顔は見えないが、どちらも俺に駆け寄ろうとして、すぐに止まる。たじろいでいるのが仕草で分かる。

どうしたのだろう。

思っていると、エンジンの轟音《ごうおん》の向こうから「急いで！」と声がした。

二人は俺に走り寄ると、乱暴に担ぎ上げた。

身体に回った真琴の手が、音もなく離れた。と思ってすぐ、俺は意識を失った。

六

煙草のにおいがした。

身体が重い。頭も重い。鉄球を押し込まれたような感覚がある。

また煙草のにおいがする。煙が頬に当たっている、らしい。こんな距離で吸っている人間がいるのか。

不意に身体が軽くなった。瞼《まぶた》が自然に持ち上がる。

夜の海だった。俺は漁船の、狭い甲板に寝ていた。上体を起こすと、声をかけられた。

「大丈夫ですか」

静かなのによく通る、女性の声。

黒のパンツスーツを着ている。黒い手袋をしている。そしてポニーテールが風になびいている。

真琴の姉、琴子だった。

苛立《いらだ》たしげに煙草を吹かしながら、仁王立ちで俺を見下ろしていた。

「どうして、ここに」

「上手《うま》く説明できません。初めての感覚だったので。何というか……真琴が呼んでる気がした、というか」

「真琴が？」

「ええ。で、港に行ったらあちらの」操縦室を顎《あご》で示す。「お二人に出会って、交渉して、船を出してもらいました」

「……すみません」

「いえ、全く。それで、大丈夫ですか？」

琴子は最初の質問を繰り返した。

身体のどこにも異常はなく、頭痛も治まっていた。指の股《また》すべてに埃のようなものが詰まっていたが、残らず払い落とす。

真琴の声は聞こえなくなっていた。姿も見えない。だからこそ彼女のことを思い出してしまう。あの島の彼女を。あの姿、笑顔、声、肌。途端に胸が締め付けられる。そして簗井さんのことも思い出す。

琴子に伝えると、彼女は「駄目でしょうね」とそっけなく答えた。

「もう、あっちに行ってしまったようです」

「あっち」

「冥界《めいかい》、常世、黄泉《よみ》、死後の世界……そういった場所です。本来なら簡単に行き来できる場所ではない」

そういうものなのか。

あまりにも唐突で異様な別れに、悲しみはほんの少ししか湧かない。胸にあるのは寂しさだった。取り残されたような寂しさに、寒気すら覚えていた。

琴子が妙なことを言った。

「仕事とはいえあんなところ、よく足を運ぼうと思いましたね」

「え？」

「ここからもはっきり見えますよ。あの島は光っている」

俺は進行方向とは逆の海原に目を向けたが、ただただ黒い空間が広がっているようにしか見えなかった。

琴子には光って見えるのか。

彼女は煙草をくゆらせながら話し続ける。

「正確には青白く光る粒子のようなものを、ずっと吐き出し続けている。あれが訪れた人間を、あっちの世界に連れて行くのでしょう。粒子、いえ——胞子ね。菌類が胞子を撒《ま》いている風に見える。とても気味が悪い。それに危険です。わたしならよほどのことがない限り上陸しないし、近付く気にもなれない」

複雑な表情で、来た方を睨《にら》み付けている。

「あの島に限った話ではない。人里離れた山奥、絶海の孤島、魔の海域——ああした胞子が見える場は、いくつもあります。生まれては消え、消えてはまた生まれる。神隠しだとか幽霊船だとか、そういった怪談のいくつかは、あれが元になっているのでしょう。そこから更に小説にした作家もいたかもしれない」

煙草を携帯灰皿に突っ込む。

「同業者から聞き集めて、リストにして今度送りますよ。取材の参考にしてください。いえ——はっきり言葉にした方がいいですね。ああした場所には二度と行かないように」

冷たい声で俺に命じる。

だんだん恐ろしくなって、俺は彼女から目を背けた。

すみせごの贄《にえ》

一

「まずは羽仁孝夫《はにたかお》先生のご無事をお祈りします。一日も早く先生の行方が分かりますように」

辻村《つじむら》ゆかりさんは自己紹介を簡潔に済ませてから、静かに言った。

生徒たちは神妙な顔でそれを見ている。三人。たった三人だ。もともと生徒数を絞って始めた料理教室ではあるけれど、これほど減ってしまうのは寂しい。

でも無理もないのだ、何故なら——

「改めてわたしの口から説明しますね」

辻村さんが再び話し始めた。

「今回、羽仁先生の代理で講師というか、先生というか、そうした役割を務めさせていただくことになったのは、わたしが強く希望したからです。料理研究家の仕事を始めてすぐの頃から、羽仁先生には大変お世話になりました。感謝の気持ちは言葉に尽くせないほどです。先生だけではありません。ご息女であり、先生のアシスタントでもある羽仁鈴菜《すずな》さんにも」

微笑を浮かべ、部屋の隅に立っていたわたしに目を向ける。

「鈴菜さん、この度はこちらの急な申し出を快諾してくださってありがとうございます」

「いえ」

わたしは答えた。

願ってもないことだった。

有名で、人気があって、実際に質の高いレシピ本をたくさん世に送り出していて、それでいて決して驕《おご》らず内外で慕われている、料理研究家の辻村ゆかりさんに、こうして多忙の合間を縫って来てもらえるなんて。東京から電車で何時間もかかる、このC県瀬《せ》古崎《こざき》町にまで。

料理研究家としてだけではない。わたしは彼女を一人の、同じ三十二歳の女性として尊敬していた。

出会った頃から、彼女はずっと淑《しと》やかで温和な女性だった。わたしのようなちっぽけな人間にも、分け隔てなく話しかけてくれた。旦那《だんな》さんにも、息子さんにも惜しみなく愛情を注いでいる。一度家に招かれたことがあったが、家族の仲睦《なかむつ》まじい様子は眩《まぶ》しいほどだった。

〈今度の教室、よかったらわたしが代理で先生をやりましょうか？〉

教室をお休みにしよう、生徒さんたちにそう連絡しよう――と思っていた四日前の夕方。辻村さんからそんなショートメッセージが届いて、わたしは本当に嬉《うれ》しかった。わたしを労《ねぎら》い、励ましてくれている。その気持ちが伝わった。

「生徒の皆さんも、わたしがここに立つことをお許しくださりありがとうございます。羽仁先生に教わりたくて皆さんここにいらっしゃるのに、何だか申し訳ない気持ちです。正直、緊張しています。ちゃんと務まるかな」

不意に砕けた口調になった。心細そうな表情を浮かべている。それまでとの落差で、わたしは小さく笑ってしまう。

「辻村先生、リラックス、リラックス」

そう言ったのは生徒の一人、尾畑《おばた》さんだった。よく笑い、よく喋《しゃべ》る中年女性。今にも生徒用の丸椅子から転がり落ちそうなほど、丸くて大きな身体をしている。

「わたし、すっごい楽しみだったんですよぉ、実は前々から先生のファンでぇ」

「まあ、ありがとうございます」

「あ、でもこっちの沼淵《ぬまぶち》さんはもっとファンです。もう辻村オタク？　だよね？　レシピ本、ぜんぶ持ってるんだよね？」

隣に座る生徒、沼淵さんに声を掛ける。

「あっ、あっ、いや、わたしなんか全然、全然」

沼淵さんはグレイヘアのおかっぱ頭を横に振りながら、蚊の鳴くような声で言った。骨張った小さな身体を更に縮めている。

「お、お、お会いできて、光栄です」

「こちらこそ」

辻村さんはにこやかに答えた。長い黒髪を引っ詰めにし、ほとんどノーメイクで、服装は生成りのエプロンも含め、とても質素だ。そんな彼女はこの教室に、自然と調和していた。田舎町の片隅の、古民家をリノベーションしたこの教室に。ここ最近は暗く沈んでいた教室の空気が、少しだけ明るくなった気がした。

「何か、何か……雰囲気良くなったみたい」

沼淵さんがほぼ同じことを口にした。「凄《すご》い。ほんとに凄い。辻村先生のおかげ」

「とんでもない」

はにかむ辻村さんに、尾畑さんが言う。

「いえいえ、先生の力ですよ。だってほら、鈴菜ちゃん一人じゃ絶対こうはなってないし。ねえ」

「うん、うん」と沼淵さん。

「そうですね」

わたしは答えた。

事実、わたしにはできない。無能で、鈍臭くて、父さんに迷惑ばかりかけて、一人では何もできないわたしには。

辻村さんは一瞬、不思議そうな顔をしたが、すぐ元の表情に戻って、

「では早速——」

「ちょっと失礼」

そう言ったのは、もう一人の生徒、茂手木《もてぎ》さんだった。歳はたしか六十六か七。髪も口髭《くちひげ》も白い、作務衣のご老人だ。大企業で副社長をしていたと聞いている。辻村さんが答える前に、彼は訊《たず》ねた。

「料理研究家、あるいは料理家。よく耳にしますが、要するに〝素人〟のことですよね？」

わたしは椅子の上で飛び上がりそうになった。尾畑さんも沼淵さんも目を丸くしている。どうしたのだろう。いつもは礼儀正しい人なのに。他の生徒に対して多少偉そうなところはあるけれど、元「お偉いさん」にしてはマシな方だ。なのに。

「私はプロの料理人である羽仁先生に教わるために、ここに通っています。これまで教わったものはいずれも家庭料理ではありますが、そこはやはりプロ。食材の切り方、塩の振り方一つとっても、先生は流石の腕前でいらっしゃった。そんな仕事の代わりが、果たして素人の方に務まりますかね？　ちょっと疑問に思ったもので」

苦笑いを浮かべて、質問の振りをした皮肉を投げかける。わたしは思わず口を開いた。

「あの、茂手木さん――」

「鈴菜さん」

遮ったのは辻村さんだった。彼女は穏やかな微笑を浮かべながら、茂手木さんを見た。

「わたしは調理師免許を持っていますが、茂手木さんの仰《おっしゃ》るのはそういうことではありませんよね？　飲食店やホテルで腕を振るうといった、いわゆる料理人としての実績がわたしにないことを指摘されている」

「ええ」

「お前の腕もそこらの主婦レベルで、料理研究家なんて所詮《しょせん》はヒマな主婦の小遣い稼ぎだろう、そうお考えでいらっしゃる」

「いやいや、そこまでは――」

「そのとおりですよ」

辻村さんはあっけらかんと言った。驚くわたしたちに向かって、再び話し出す。

「ただし〝わたしに限って言えば〟の話ですが。去年亡くなった小林《こばやし》カツ代先生が料理研究家としての矜持《きょうじ》を強くお持ちだったのは有名ですし、栗原《くりはら》はるみ先生は優れた経営者でもある。料理研究家もいろいろです。ですがわたしは本当に単なる料理好きの主婦。報酬こそいただいていますが、レシピを考案したり、人様に教えたりするのがただただ楽しいだけの、一児の母に過ぎません。でも、こうした場にはそんな人間こそ相応《ふさわ》しいと思いますよ。銀座《ぎんざ》の高級料亭の元料理長よりも」

「……え？」

わたしは思わず声を上げた。

父さんのことだ。辻村さんは今、父さんより自分の方が適任だ、と言ったのだ。自分の耳が信じられなくて、わたしはその場に立ち尽くす。

「この国の庶民の食卓は文献資料があまり残っていないので、歴史と変遷を追うことは難しい。ですがそこに西洋料理が持ち込まれた時期なら、ある程度判明しています。明治時代の初期から中期にかけて、です」

辻村さんは話し続けていた。

「ではどのように持ち込まれたか？　日本に渡ってきた宣教師の妻や娘が、近所の主婦を集め、料理教室を開いて伝えたのです。特に水戸《みと》に居を構えた宣教師ガーネー・ビンフォルドの妻、エリザベスの料理は評判を呼び、雑誌に連載されて書籍にもなった。明治三十七年のことです。内容はパンやマフィン、オムレツにレモネード……」

スラスラと淀《よど》みなく、

「彼女たちの大半は主婦か家事手伝いで、プロの料理人ではありませんでした。ですが彼女たちこそ、この国の家庭料理に、今に繋《つな》がる和洋折衷という変化をもたらした。茂手木さんの仰る〝素人〟が」

呆気《あっけ》に取られている茂手木さんを悠然と見つめ、

「料理教室で家庭料理を教えるべきは素人のわたしです。その方が伝統的で本来的だからです。そうは思いませんか？」

と、質問を投げかけた。茂手木さんはしばらくぽかんとしていたが、我に返って言う。

「いや、しかし、うーむ」

不機嫌そうに腕を組む。

「あはは、あは。何だろう。先生、お詳しいですね」

尾畑さんは戸惑いの笑みを浮かべ、沼淵さんは不安げな目を辻村さんに向けている。わたしは何も言えないでいた。

辻村さんは気にする様子もなく、テーブルの上にタッパーをいくつか置き、蓋《ふた》を開けた。中には小ぶりなおはぎが並んでいた。小豆、きな粉、ずんだ。地味と言えば地味な色だが、不思議と鮮やかに映った。テキパキとおはぎを小皿に分けて、黒文字を添える。

「授業に入る前に、小腹を満たしましょう。

辻村さんは手を広げて言った。先ほどの長話など、すっかり忘れているかのようだった。

最初に立ち上がったのは、意外にも沼淵さんだった。次いで尾畑さん。茂手木さんは渋々といった様子で、椅子から腰を浮かす。三人の生徒は先生のテーブルの前に集まり、それぞれ小皿を手に取った。

「鈴菜さんもどうぞ」

辻村さんに言われて、わたしは慌てて彼女の許《もと》へ向かった。

二

「いやあ、申し訳ない辻村先生」

恥ずかしそうに頭を掻《か》きながら、茂手木さんが言った「ずっと偏見があったんです。なにが料理研究家だ、もっともらしい肩書き付けやがって、と。本当に失礼だった。謝ります」

「いえ、こちらも不躾《ぶしつけ》な発言の数々、まことに申し訳ありません」

辻村さんが答える。

「それにしてもほんと美味《おい》しかったあ。ねえ沼淵さん」

と尾畑さんが膨らんだお腹を叩《たた》き、

「うん。最高、最高だった」

こくこくと沼淵さんが頷《うなず》く。

わたしは安堵《あんど》しながらその様子を眺めていた。全員が先生用のテーブルに集まり、わたしの用意したお茶を飲みながら談笑している。

辻村さんのおはぎは、とても美味しかった。まずそこで空気が変わった。

そして辻村さんが教えた料理は、更に美味しかった。トマト豚汁、さつまいもご飯、鱈《たら》と野菜のフライパン酒蒸し。生徒さんの誰一人として失敗しないくらい簡単だったのに、飛び上がるほど美味だった。生徒さんには二人分作ってもらうのだが、三人とも全て平らげていた。食の細い沼淵さんも、ここのところほとんど食事が喉《のど》を通らなかったわたしも。

「この雰囲気、久しぶりねえ」

尾畑さんがしんみりと言った。

「前は毎回、こんな風に羽仁先生を囲んでお喋《しゃべ》り、みたいなのがお約束だったんだけど」

「うん、うん」と沼淵さん。

「デザートも食べたりね」

「うん、うん。みんなで作ったり、鈴菜さんがパパッと作ってくれたり」

「そうですね」とわたし。

「それで羽仁先生に『不味《まず》い』って駄目出しされたりね」

「うん、うん。『修業が足りない』って」

「まあ、確かに先生の仰るとおりではあったが」と茂手木さんが言った。尾畑さんも沼淵さんも「ほんとにねえ」と笑う。わたしは苦笑いで「ですね」と同意する。

尾畑さんが寂しげに言った。

「あの頃に比べたら、生徒も随分減っちゃったなあ」

「うん、うん……」

「まあ色々変なことあったしねえ」

「うーむ」と茂手木さん。

尾畑さんは梁《はり》を見上げ、お腹を擦《さす》りながら眠そうにつぶやく。

「しかも先生は段々アレだったし、それからのアレでしょ。一体何なんだろうなあ」

沼淵さんも、茂手木さんも相槌《あいづち》を打つのを止めていた。どちらも困った顔をしていた。

ここは話を変えなければ。と思ったその時、

「羽仁先生のことですか？」

辻村さんが訊《たず》ねた。

場に緊張が走る。彼女は不思議そうにわたしたちを見つめて、

「先週不意に失踪《しっそう》されたのではない、それ以前から奇妙な、予兆のようなものがあった、ということですか？」

「予兆っていうか、うーん、あれかな、心霊……あ」

尾畑さんはパッと目を見開いた。姿勢を正して黙り込む。

「何かあったんですね？」

辻村さんは駄目押しするように、再び訊ねた。

これ以上は隠し通せないだろう。仕方がない。わたしは辻村さんに向かって、

「これまでこの教室で、不思議なことがたびたび起こりました。例えば……」

話し始めてすぐ後悔が湧き起こる。

「すみません、どこから話せばいいのか」

早くも決心が鈍っていた。掌《てのひら》に汗をかいている。

「あのう」手を挙げたのは尾畑さんだった。「責任じゃないですけど、わたしから喋った方がいいと思います。順番的にも多分、わたしが最初だと思うんですよね」

「ああ……かもしれませんね。じゃあ、お願いしてもいいですか」

わたしは答えた。

はい、と尾畑さんは居住まいを正す。お茶を一口飲んで、口を開く。

「今年の頭の頃だったと思うんですけど……じゃない、明けて最初の教室だ。わたし、いつも通り自転車で向かってたんですね、ここに。××通りをずっと進んで。××通り、分かります？」

きょとんとする辻村さんに、わたしは補足する。「表通りのことです。多分タクシーでいらした時、通ってらっしゃるかと」

「ええ、通りました」

尾畑さんは話し続ける。

「で、××通りをつきあたりで右に曲がると、ここの前の通りに出るじゃないですか。狭い道」

「ええ」

「曲がり角の方から見て、この道って手前からブロック塀がずーっと続いてますよね。で、一箇所だけ生け垣のところがあって、それがここ」

「ええ。曲がって、左手の話ですよね」

「そうそう。で、曲がった時の話なんですけど」

尾畑さんはここで声を潜めた。

「一瞬だったんですけど、すごく背の高い人が生け垣のところを歩いてるのが見えたんです。棒みたいに痩《や》せてて、頭なんか生け垣より高くて。遠かったので男か女かも分からない。服は黒っぽかったですけど。こっちに背中を向けてるのが分かりました。で、すぐこの家に入って行ったんです。スッと消えるみたいに」

大きな身体を縮めて、

「でも、その時は別になんとも思わなかったんですよ。見たことない人だな、新しい生徒さんかなって思うくらいで」

「ええ」

「でも、自転車でここまで来て、降りようと思った時に『あっ』てなったんです」

充分な間を取って、

「門柱の表札が泥だらけだったんですよ。あと、傷もすごい付いてて。木でできてるやつだったんですけど、何か、あちこち引っ掻いたみたいになってたんです」

指を曲げて、〝猫の手〟を作ってみせる。

「わあ、何かイヤだなって思ったんですね。それで中に入って……あ、自転車はいつもどおり、庭の隅に停めたんですけど、そしたらまだ鈴菜さんだけしか来てなくて、棒みたいな人、どこにもいなかったんですよ。鈴菜さんスレンダーだけど、棒って感じじゃないじゃないですか。背もそんなにだし、髪も長いし。えっ、じゃあ、あの棒みたいな人ってひょっとして……って、そこでわたしゾーッとなっちゃって」

その時のことを思い出したのだろう。尾畑さんは不安げな顔で、話を締め括《くく》った。とっ散らかってはいたけれど、不思議と引き込まれていた。わたしは彼女の話を再び補足する。

「その時のこと、覚えてます。わたしはいつもどおり、六時に自宅を出て、車でここに来ました」

教室がない日でも、ここには毎朝来る。掃除、庭の畑の手入れ、教室で使う食材の在庫チェック、自家製調味料の作り置き。やることはたくさんある。夏の暑い日も、冬の寒い日も。

「表札がそんなにされていたら、普通、音や気配がすると思います。でも、尾畑さんに言われるまで、全然気付きませんでした」

その時の尾畑さんを思い出す。いつもニコニコしている彼女が、神妙な顔になっていた。彼女に連れられて家を飛び出し、表札を確かめた。

「証拠、と言ったらおかしいですけど……」

わたしはその時撮った表札の写真をスマホで開いて、辻村さんに差し出した。彼女は画面を見るなり、「まあ」と小さな声を上げた。

「え、撮ってたの？　鈴菜さん気が利くね。珍しい」

と尾畑さんが感心の表情で言った。

「ですね。自分でも思います」

「ほんとにね、ほんと」と沼淵さんがうなずく。

「父に報告して、表札を新しいものに替えました。念のためですが御影石《みかげいし》のものにしました」

食い入るように写真を見ている辻村さんに、わたしは話していた。報告した時の父さんの姿が頭に浮かんだ。不機嫌そうに黙り込んで、それから――

「次は私が話した方がよさそうですな」

茂手木さんが言って、わたしは「お願いします」と答えた。彼は咳払《せきばら》いをして、

「この近所に友人が住んでいましてね。教室が終わってから、遊びに行くことがあるんです。ここで作った料理を持って行ったりね。で、あれはたしか春先だったかな。互いの孫が進学するだの就職するだの、そんな話題が中心だったのを覚えています」

尾畑さんとは打って変わって、落ち着いた喋《しゃべ》り方だった。人前で話す事に慣れているらしい。

「すっかり暗くなって、歩いて帰る途中、ここの前を通りかかったんですよ。鈴菜さんの車があって、灯《あか》りが点《つ》いていて、『遅くまでご苦労だなあ』と思っていたら……ガシャン、と音がした」

茂手木さんは神妙な顔つきで、

「慌てて駆け込みました。鍵《かぎ》は開いていて、中に入ることができたんです。でも中には誰もいない。悪いと思いながら、部屋も倉庫も全て入って確かめました。でも無人だったんです。荒らされた様子もなかった。ですが」

一呼吸置く。

「羽仁先生の椅子が、壊れていたんです。今はここにはありません。あまりにも破損していたので、鈴菜さんが処分されたんです」

「はい」わたしは頷《うなず》く。

「脚が折れ、籐《とう》の座面も背もたれもズタズタで、穴が開いていて……これはよくない、通報しよう、と思ったんですが、そこに鈴菜さんが現れた。エプロンで手を拭《ふ》きながらね」

茂手木さんはここで顔をしかめた。

「ここからちょっと、妙なことになるんです」

「というと？」

「そこからはわたしが」

と、わたしは話を引き継ぐ。

「わたしは茂手木さんがいらしたことに、全く気付かなかったんです。それだけじゃない。わたしはその日その時、ごく普通にキッチンで翌日の教室の準備をしていました。それから掃除をしたり、地下倉庫の保存食をチェックしたり……あ、地下倉庫はキッチンの下にあるんですけど、今、壁のヒビ割れから水が漏れてて、使えなくなってて」

「それでお台所に、ピクルスの瓶がズラッと置いてあるんだ」と尾畑さん。

「ええ」わたしは話を戻す。「で、チェックを終えてトイレに立って、戻ってきたら茂手木さんがいたんです。父の椅子が壊れていたのだって、そこで初めて知りました」

「お聞きのとおり、全く嚙《か》み合わない。まるで束の間、別の世界にいたみたいにね」

茂手木さんが言った。

「確かに鈴菜さんには抜けているところがある。そのせいで羽仁先生にはよく叱られていました」

「うん、うん。そう」

「ですが、来客に気付かないほど酷《ひど》くはない」

辻村さんは黙って彼を見ている。

「これも、父に報告しました。お気に入りの籐椅子を壊されてガッカリしていましたが、それ以上に安心していました。とにかく二人が無事でよかったと」

わたしが言うと、茂手木さんが少しだけ誇らしげな表情を浮かべた。この話は何度かしているが、尊敬する羽仁孝夫が人格者だと聞くのは嬉《うれ》しいのだろう。

「それで……」

茂手木さんはそこで言葉を止めた。

生徒さん三人の視線がわたしに向けられていた。覚悟を決めて、わたしは言った。

「六月に入った頃でした。その日も教室があって、父が皆に料理を教えていました。わたしは何気なく窓の方を見たんです」

緊張で声が上ずる。

「そうしたら……そうしたら外に、立っていました。真っ黒で痩せていて、とても背が高い、棒のような人が。庭の、畑の真ん中に突っ立っていたんです」

わたしは庭を見た。

今は大根とブロッコリーを育てているが、その時はトマトと茄子《なす》だった。

「目だけが見えました。空っぽというか、上手《うま》く言えないけど、心がないみたいな目でした。わたし……わたし、本当に怖くなって、大声で叫んでしまったんです」

「びっくりしたわねえ。ウギャア、みたいな」

尾畑さんが屈託なく言い、茂手木さんが「うん」と同意する。沼淵さんは「ちょっと笑っちゃった」とつぶやいた。虫に驚いて悲鳴を上げて転んだ――そう受け取ってわたしを笑った人は何人もいた。

「後で見に行ったら、トマトがいくつか、潰《つぶ》れていました。爪で刺したみたいな、穴が開いてるのもありました。そして」

膝《ひざ》の上の手を握りしめる。

「この頃から、父は何かに怯《おび》えるようになりました。自宅でもそうでしたし、教室でも」

不意に窓の外を見て震え出す。

料理の手順を間違える。

わたしや生徒が背後に立つと、酷く驚く。

醜態、と言ってよかった。

それまで纏《まと》っていた威厳や崇高さが、日に日に剝《は》がれ落ちていった。父さんはそれを認めず平静を装った。わたしが何度確かめても「何も見ていない」「何も聞いていない」と言い張った。だから余計に、この教室に不穏な空気が漂うようになった。

だが、遂に。

「すみせご」

沼淵さんがぽつりと言った。怪訝《けげん》な表情の辻村さんに説明する。

「先生が、教室で言うようになったんです。すみせご、すみせご……小声で、譫言《うわごと》みたいに」

他の二人の生徒さんが頷く。

わたしは口を開いた。

「父から聞きました。子供の頃、親や祖父母に教わったオバケだそうです。墨を塗りたくった棒のような姿をしていて、夜明けや夕暮れ、汚れた台所に現れる。そしてその家の人間を掠《さら》って食べてしまう、と」

「わたしも」沼淵さんが話を引き継いだ。「わたしも曾《ひい》お祖母《ばあ》ちゃんに、聞いたことがあります。今じゃ誰も言いませんけど、この辺に伝わってたみたいですね」

「そのオバケの名前を、羽仁先生が？」

「そうです」

わたしは答えた。

不気味だった。異様だった。

生徒は一人辞め、また一人辞めた。

今そこに黒い人が立っている、と泣き出す生徒も現れ、更に何人も辞めた。周囲に嫌な噂が流れるようになった。この教室には「出る」と。それでますます人が離れていった。

そして一週間前。

「父は……外出すると言って、家を出ました。それっきり戻ってきません。連絡も付きません。七十歳なので警察も多少は親身になってくださっていますが……」

言葉が続かなくなった。

さして話していないのに疲れ果てていた。

「羽仁先生や沼淵さんと違って私はここ出身じゃないので、直接聞いたことはないんですが……」

茂手木さんが話し始めた。

「〝せご〟は多分、勢子《せこ》のことでしょう。狩りで獲物を追い立てる役のことです。装備もなしに険しい野山を走り回らされる、危険な役割です。為政者が狩りをする際は、現地の農民が勢子として掻《か》き集められた。要するに使い捨て要員ですよ」

「というと、ここ瀬古崎町の由来は……？」

辻村さんの問いに、茂手木さんは「おそらくは」と頷く。

「将軍様の鹿狩りや猪狩りの際、この地で徴用された農民が大勢いたんでしょう。そして死んだ者も。ですが、すみせごについては何も分かりません。まあ、しつけ鬼の一種ってことかもしれませんね。いや、すみません、こんなくだらない話をして」

「とんでもない。話してくださって、ありがとうございます」

辻村さんが言った。

その一声で、張り詰めた空気が弛《ゆる》む。彼女は生徒を、そしてわたしを見て訊《たず》ねた。

「この後お時間ございますか？　お礼と言っては何ですが、もう一品、デザートを召し上がっていただきたいのですが」

「えっ、食べる。食べたい」

尾畑さんが即答し、わたしたちはつい笑ってしまう。沼淵さんも、茂手木さんも、是非食べたいと言う。

「鈴菜さんは如何《いかが》ですか。逆に辻村さんはいいんですか？」

「もちろん。でも、少し鈴菜さんに手伝っていただきたいことがあって」

「ええ。」

辻村さんは台所に目を向けた。

三

辻村さんが持参したのは、吸水させた餅米《もちごめ》だった。わたしは蒸し器に布を敷き、餅米を広げた。布で覆って蒸し始める。

教室とは別にある台所。コンロの上にそびえる、ステンレス製の蒸し器を眺めていると、「ありがとうございます」と背後から声を掛けられた。再びエプロンをした辻村さんが、わたしの側に立つ。

「何を作るんですか」

「内緒です」

わたしの問いに、辻村さんは微笑んで答えた。

見ていると不意に、さっき話したこと全てが恥ずかしくなった。生徒さんたちに聞こえないように声を潜め、

「あの、ごめんなさい、あんな訳の分からない話聞かされても、困るだけですよね」

「とんでもない」

彼女もまた声のトーンを落として、

「怪しい民間療法だとか、胡散臭《うさんくさ》い気功だのオーラだのの話じゃありませんでしたから」

と、冗談めかして言う。わたしは小さく笑ったが、内心は考え込んでいた。

料理と精神世界は相性がいい。食事は生き死にそのものだから当然と言えば当然なのだが、一歩間違えれば辻村さんの言うとおり「怪しい」「胡散臭い」世界に両足を突っ込んでしまう。それに料理教室はある種、カルト的だと言えなくもない。中で働いてい

るわたしですらそう思う。

先生という名の教祖。

生徒という名の狂信者。

何百人もの弟子を抱え、主宰する教室は数年先まで予約が埋まり、万病に効きそうな名前のレシピを売りにする、有名な料理研究家のことが頭に浮かんだ。彼女が売っているのはレシピや技術だけではない。

いつの間にか父さんのことを考えていた。

短く刈った白髪頭。細く鋭い目。深い皺《しわ》。黒光りする痩《や》せた身体は、磨かれた金属のようだった。常に和装で、ここでは作務衣を着ていた。

漠然と職人のようで、何となく仙人みたいで、どこか芸術家らしい見た目だった。もし父さんがそんな風でなかったら、こんな田舎で長年、大勢の生徒さんを集められただろうか。レシピ本を何冊も出したりできただろうか。茂手木さんみたいに、服装まで真似する生徒さんは現れただろうか。

「むしろ、わたしが鈴菜さんにご迷惑をおかけしたのではないかと」

辻村さんの声で我に返った。

「羽仁先生のことで料理教室どころではないのでは？　本来はお休みにしたかったのでは？　それをわたしが出しゃばって無理やり開かせて、おまけに言いにくいことを言わせてしまって……」

「とんでもない」

わたしは本心から言った。

「辻村さんが来てくださって、本当に助かりました。代理の先生をやってくださったことは勿論《もちろん》ですし、お料理も美味《おい》しかったです。でも、一番は話を聞いてくださったことです。それが本当に嬉《うれ》しかったんです。警察にはこんな話、とても言えなくて」

「そうね」

「父がいなくなって、どうしようと思ってたんです。母を早くに亡くして、ずっと二人で暮らしてきたので。わたしは父の足を引っ張ってばかりでした。料理の腕も悪いし。それ以前に家事だって、それ以外だって何も、ほんとに何にもできなくて」

「そんなこと――」

「あるんです」

わたしはきっぱりと言った。

「父と違って、わたしは取るに足りない人間なんです。駄目なんです。だからすごく不安でした。でも」

話し続けていた。話し続ける自分に驚いていた。

「今はちょっと、落ち着いています。頑張ろうって思います。ち、父が帰ってくるまで、ここを守ります」

「………」

「そう思えるようになったのも、辻村さんが来てくださったおかげです。ありがとうございます」

わたしは改めてお礼を言った。

こんな話をする予定はなかったが、不思議と後悔はしていなかった。

辻村さんは黙ってわたしを見ていた。何か考え込んでいる様子だった。ややあって、彼女は今その存在に気付いたかのように蒸し器に目を向けた。噴き上がる蒸気を眺めながら、

「来てよかった」

と、つぶやく。

「え?」

「もう少しかかりますね。一旦《いったん》皆さんのところに戻りましょうか」

辻村さんはわたしの問いに答えず、にこやかに言った。

それまでと同じ、慈愛に満ちた笑顔だった。

教室に戻って皆で雑談していると、尾畑さんが言った。

「それにしても辻村先生のお料理、ほんとに美味しかったなあ」

ほかの三人が頷《うなず》く。

辻村さんは少し照れくさそうに、同時に素直に嬉しそうにしている。

「特においもご飯。あれ、家であんなに美味しく炊けないですよ。調味料も一緒なのに」

「ちょっとの分量と時間で、結構変わりますからね」

辻村さんは言った。「でも、羽仁先生はもっと繊細になさってたんじゃないですか。お米の研ぎ方も、吸水の時間も」

「ええ」

わたしは答えた。

「米は神聖な食べ物だ、元々は神様に捧《ささ》げていたものだからって」

「仰《おっしゃ》るとおりです。神饌《しんせん》――神様への供物の中心は今でもお米です。生のまま捧げる場合も、炊く場合もある。搗《つ》いてお餅《もち》にして捧げることも」

台所の方に目を向ける。

「庶民がお米を口にするようになったのはだいぶ後になってからで、歴史を見れば雑穀を食べていた時期の方が長い」

「稗《ひえ》、粟《あわ》ってやつですね」と茂手木さん。「それと、雑穀じゃないが芋も」

「ええ。昔の庶民がお芋ご飯を見たら、どんな風に思うでしょうね。素直に豪華な食卓だと喜ぶか、それとも高級食材の無駄使いだと落胆するか……」

「芋と交ぜるなよ、とは思うかも」と尾畑さん。

「先生、先生」

沼淵さんがか細い声で、「今作ってるお餅、どうされるんですか。きな粉ですか。砂糖醤油《じょうゆ》ですか。それとも――」

「内緒です」

辻村さんは同じ答えを繰り返すと、

「ああ、そう言えば、ここはかつて餅無し正月の習俗があったそうですね」

と言った。

「モチナシ？」と尾畑さん。

「年末にはお餅を搗きますね。鏡餅にして、お正月に神様に捧げてから家族で分けて食べる。これは全国で行われていましたし、現在も律儀に続けている地方や家はあります。今は鏡餅を買って飾る人の方が多くなってしまいましたが、根っこの考え方は同じです。餅を——米という神聖な食物を神様にお供えし、その後で食べる、という」

「ふむ」

茂手木さんが腕を組む。「今年も孫が喜ぶよう、ピカチュウの飾りのついた鏡餅を買っておこうかな」

「うちの子はもう、プリキュアの鏡餅なんて喜ばないだろうなあ」と尾畑さん。沼淵さんは頷きながら聞いている。

「でも、餅を搗かない、飾らない地方もあるんです。しかもあちこちに」

辻村さんは皆を順に見ながら、

「先ほど申し上げたとおり、この国には米食でない文化が長く根付いていた。お米を栽培するようになってからも多くは年貢として取り上げられ、口には入らなかった。そうした人々は勿論、お餅など搗かないし供えない。当たり前のことです。ですが時代が下って米食文化が広まるにつれ、お正月用にお餅を搗かないことが普通でなくなってくる。お餅を搗く人たちに、自分たちが搗かない理由を説明しなければならなくなる。そこで――」

音もなく立ち上がり、教室を歩き回る。

「もっともらしい言い伝えをでっち上げた。忙しくて用意できなかったのが今も続いている、といった素朴な言い伝えが多いようですが、中には不気味なものもありますよ。かつて村人がお米を粗末に扱った。その報いで、いざお正月用に搗こうとするとお餅が血に染まるようになった、とか」

尾畑さんが顔をしかめた。

「因果応報というか、罰が当たったことにしたんですね。餅を搗かないんじゃない、搗けないんだ、と」

茂手木さんが渋面で言い、辻村さんは「そうです」と答える。

「この手の『お餅が血に染まる』話は各地にあって、バリエーションも豊富です。どこの地方だか忘れましたが、隣村のお寺の馬を殺してしまったから、というのもあるし、女中を杵《きね》で殴り殺したからだ、というのもある。そちらはたしか桃の節句にまつわる言い伝えです。もはやお正月の話ですらない」

辻村さんは梁《はり》を見上げて、

「さっきも言ったとおり、これらは作り話です。でも、中には本当に起こったこともあるかもしれませんね。共同体の一員が悪いことをした。それ以来、お餅が血まみれになる。臼《うす》も杵も真っ赤になる。それがずっと続く。どうしても収まらない。だからここでは餅を搗きません、血まみれのお餅なんて神様にお供えできませんし、自分たちで食べることもできません……」

どこかうっとりした様子で語り続ける。

和やかだった空気は、どこかへ消えていた。誰もが不安げな面持ちで、目だけで辻村さんを追っている。

「あの、辻村さん」

「来る途中にネットで調べました」

辻村さんはあからさまにわたしを遮って、言った。

「この地方にはどんな言い伝えが残されていたか。とっくに更新の止まった好事家の個人サイトに、なかなか素敵なことが書かれていましたよ」

くふふ、と笑う。

「昔々、この村に働き者が住んでいました。ですがその息子は怠け者で、畑仕事もせず、父親の臑《すね》を嚙《かじ》っていました。ある年、飢饉《ききん》で食べるものに困ったので、父親は息子に窮状を正直に訴えました。怒った息子は翌日、田んぼにいる父親を鎌で斬り殺したのです。父親の血が田んぼに飛び散りました。以来その村では、正月に餅が赤く染まるようになりました――」

辻村さんはわたしの後ろで立ち止まり、

「お父さんを――羽仁孝夫さんを殺したのはあなたですね？　羽仁鈴菜さん」

と言った。

四

「な、何を急に」

張り詰めた沈黙を破ったのは、茂手木さんの声だった。「ずっと気持ちの悪い話をしていたかと思えば、急に人を殺人者呼ばわりして、さ、さすがに無礼ですよ」

椅子を鳴らして立ち上がる。声は冷静だったが、顔は真っ赤になっていた。この瞬間にも更に赤みを増している。

「だいたい、鈴菜さんは羽仁先生を心から尊敬しているんですよ。父君として先生として、今で言うリスペクトをしているんだ」

「どうして分かるんですか？」

辻村さんは冷ややかに訊《たず》ねた。

「先生がそう仰っていたからだ。それで充分だ。それを言うならあんたの話の根拠は……」

「ありますよ」

辻村さんは即答した。

「事の起こりは尾畑さんが見つけた、傷付けられ汚された表札。その次は茂手木さんが発見した、壊れた籐椅子《とういす》。どちらも羽仁先生への強い憎悪が感じられませんか？　この教室の主である存在へ」

「そんな心理分析ごっこで人を殺人犯扱いするのか」

「とんでもない」

辻村さんは不思議そうに、

「皆さん、考えもしなかったんですか？　表札も籐椅子も、鈴菜さんなら簡単に傷付けられます。茂手木さんと話が食い違うのだって、鈴菜さんが嘘を吐いているだけのことです。庭にオバケを見るのだって。尾畑さんが最初に見た黒いオバケも、おおかた単なる電柱の見間違い——」

「ちょっとちょっと先生」

尾畑さんがガタンと席を立った。

「鈴菜さんがそんなことするわけないですよ。何にもできない鈴菜さんを、ずっと側に置いていたのが羽仁先生なんだから。鈴菜さんだってお父さんが大好きなんです」

「そう。そうです」と沼淵さん。「その、ネットに載ってた昔話？　とは違うんです。鈴菜さんは怠け者の穀潰《ごくつぶ》しだけど、昔話の馬鹿息子と違って、先生を恨んだりはしていません」

小さい声を振り絞って、一気に言う。

辻村さんは生徒三人を眺めていたが、やがて小さく溜息《ためいき》を吐いた。

「この料理教室の、普段の様子がおおよそ見えてきました。何もできない愚かな娘。その面倒を見て側に置いてやっている、立派な元料理人の父親。そうした構図が父親によって作り上げられた。そして生徒の皆さんはそれを鵜呑《うの》みにして、一緒になって娘を笑いものにしていた……こんなところですか、尾畑さん」

「いや、そういう風に言われると」

「くだらない」

「はあ？」

尾畑さんの顔が怒りで膨れ上がる。辻村さんは涼しげな顔で見つめ返す。

わたしは固まっていた。椅子に座ったまま指一本動かせなくなっていた。心臓が破裂しそうなほど鳴っていて、全身から冷や汗が止まらない。頭の中では疑問が暴れ回っていた。

何が起こっているのだろう。

辻村さんはここで何をしているのだろう。これから何をするつもりなのだろう。

彼女は再び、教室を歩き回り始めた。

「その様子だと、皆さんあまり羽仁先生についてお詳しくないようですね。ネームバリューと見た目の有り難さにつられただけで」

「酷《ひど》い」

沼淵さんが怖い顔で言ったが、辻村さんはまるで気にする様子もなく、

「ここに来る前にもう一つ調べたことがあります。こちらはネットなんかではありません。かつて羽仁先生が勤めていた銀座の料亭に、直接足を運んだのです。面白い話を聞きました。若い世代は先生にあまり思い入れがないのか、いろいろ包み隠さず喋《しゃべ》ってくれましたよ」

「辻村さん！」

わたしは言った。強い口調になっていた。

「……何の話をされているんですか。父に問題なんて」

「問題？」

わたしは言葉に詰まった。

場が凍り付く。生徒たちは目を瞠《みは》っている。

わたしたちを悠然と眺めて、辻村さんは言った。

「羽仁先生が料亭をお辞めになったのは、一度厨房《ちゅうぼう》で倒れた後のことです。体力の衰え、と表向きにはなっていますが、実態は違う。先生は脳梗塞《のうこうそく》の後遺症で味覚を失ったのです」

「えっ」と沼淵さんが声を上げた。

「この教室でレシピを考案していたのは鈴菜さんです。料理をまともに作れなくなったお父さんの代わりに」

五

「馬鹿を言うな！」

茂手木さんが怒鳴った。

「そんなことあるわけがない。羽仁先生が、あの羽仁先生が……いや、よしんばそうだとして何の問題もない。味見なんかしなくても料理は作れる。一流の料理人なら尚更《なおさら》だ」

「できなくはないでしょうね」

辻村さんは答えた。

「でも万が一、調理に失敗したら？　大勢の生徒の前で発覚したら？　自分はもちろん、この教室も終わりです。羽仁先生はそれはそれは不安だったことでしょう。だからはじめからレシピ作りを娘さんに任せ、自分は指導と実演に専念した。娘さんを殊更に無能扱いしていたのも、同じ心理の表れかもしれませんね。この娘は何もできないんだ、俺の代わりにこの教室を回してなんかいないんだ、と。昔話では怠け者の息子が働き者の父親を殺しましたが、今回はあちこちが正反対です。働き者の娘が怠け者の父親を――」

「ちょっと、ちょっとちょっとちょっと」

尾畑さんが丸い身体を揺らして言う。

「何言ってんのさっきから。もう止めて。出鱈目《でたらめ》じゃないの」

「そう、そうそう出鱈目」

沼淵さんが繰り返す。

「出鱈目なんですか？」

辻村さんは不意にわたしに訊ねた。

わたしは答えようとして、声が出ないことに気付く。汗だくだった。椅子に縫い付けられたみたいに身体が動かない。

「わ、わたしは」

必死に声を絞り出すが、そこまでしか言えなかった。

言えるわけがなかった。

表札を踏み付け、ドライバーで傷付けたのが自分だなんて。

籐椅子を壊したのがわたしだなんて。

見てもいないオバケを見たと嘘を吐いたなんて。

父さんは怯《おび》えた。生徒の前では必死で隠していたけど、子供みたいに怖がった。

老いさらばえたせいか。それとも認知症でも患いはじめたのか。とうとうオバケが見えると言い出した。黒くて背が高い、痩《や》せた棒のようなオバケを。

嬉《うれ》しかった。

わたしなしでは生きていけないくせに、それがバレないよう、わたしを踏み付けてみんなの前で馬鹿にする父さんが、いるはずのないオバケを恐れている。その様を眺めるのが楽しかった。

でも――

「言いづらいですか？　では、お父さんに訊《き》いてみましょう。あるいは神様に」

辻村さんは言った。

怒りながらも疑問の表情を浮かべた生徒たちを一瞥《いちべつ》し、次いでわたしに目を向ける。

「鈴菜さん」

「は、はい」

「そろそろ餅米《もちごめ》が蒸し上がった頃です」

言葉の意味を理解した途端、わたしの全身に鳥肌が立った。少しも治まってくれない。

この人は、この人は――

「鈴菜さん」

辻村さんが呼んだ。その目は黒々として、深い沼のようだった。いつから彼女はこんな目をしていただろう。見つめていると、わたしの身体が動いた。ゆっくりと腰を浮かす。何かに操られるかのようにふらふらと台所に向かい、火を止めて、ミトンを嵌《は》めて蒸し器の取っ手を摑《つか》む。餅米が入っている上段だけを持ち上げ、教室に持って行く。

いつの間にか、庭に出るガラス戸が開け放たれていた。庭にはテーブルが一台運び出されていて、その側に臼《うす》と杵《きね》が置かれていた。土間にあったのを、生徒の誰かに持って来させたらしい。

わたしは庭に出て、蒸し器をテーブルに置いた。

庭に出ていた生徒たちはみんなテーブルから離れ、食い入るように蒸し器を見つめていた。

「あるわけない」

茂手木さんがつぶやいた。

「そんな馬鹿げたこと、起こるわけがない。起こるわけがない。馬鹿にするな。馬鹿にするな、馬鹿にするな……」

「黒いオバケは信じてるのに、お餅《もち》が血に染まるのは信じないんですか？」

辻村さんの言葉で茂手木さんは黙った。

「鈴菜さん、どうぞ」

この状況で落ち着き払った辻村さんの声に従って、わたしは蒸し器の蓋《ふた》を開けた。蒸し布ごと取り出して、臼に移す。

真っ白な餅米から湯気が上がっていた。

辻村さんが杵を摑み、差し出す。わたしは両手でそれを受け取る。

これをするために、彼女は餅米を用意したのか。

どこまで事前に考えていたのか。どの段階で、どこまで察していたのか。どこまでわたしと父さんのことを――

「やめようよ、馬鹿みたい」

「うん、うん」

「ねえ鈴菜さん、いいじゃんこんな茶番」

「うん、うん」

生徒たちの声が遠い。小さい。

「鈴菜さん」

わたしは、わたしは、

「やめてよ」

「うん、うん」

わたしは。

父さんを。

「ちょっと、やめてって――」

「うるさい」

わたしは言った。

途端に感情が爆発した。

「みんな嫌い。舌が馬鹿になったくせに偉そうな父さんも、何も知らずに先生先生ってありがたがってるお前らも嫌い。嫌い。嫌い嫌い嫌い、大嫌い大嫌い大嫌い、みんな大っ嫌い！　こんな教室潰《つぶ》れてしまえ！」

わたしは思い切り、杵を振り上げた。

途端にバランスを崩し、仰向《あおむ》けに地面に倒れた。すっぽ抜けた杵がテーブルに当たって、大きな音を立てる。

庭が静まり返った。

聞こえるのはわたしの荒い息だけだった。

「くふふ……」

笑い声がした。

辻村さんの笑い声だった。

彼女は口元を隠して、淑《しと》やかに、本当に楽しそうに笑っていた。

「餅が血に染まる？　そんな馬鹿げたこと、現実に起こるわけがない。茶番ですよ。皆さんの仰《おつしや》るとおりです。でもこれで色々はっきりしましたね。くふふ……」

生徒たちは呆然《ぼうぜん》と彼女を見ていた。

わたしは地面に伏せて、彼女の笑い声を聞いていた。

六

荷物を小ぶりなキャリーケースに纏《まと》めて、辻村さんは立ち上がった。玄関へと歩いて行く。生徒たちはとっくに、逃げるように帰って行った。もう二度と来ることはないだろう。この教室も終わりだ。

少しも悲しくなかった。

憑《つ》きものが落ちたような気がした。

靴を履いた辻村さんに、わたしは声を掛けた。

「どうしてですか？」

「え？」

彼女は少し疲れた様子で、わたしを見た。

「どうして父とわたしのことが分かったんですか？　ここに来る前から、予想が付いていたみたいですけど」

単純な疑問だった。

田舎の狭い教室でのことが、東京に住む辻村さんのところに伝わるとは思えない。

辻村さんはぼんやりと遠くを見ていたが、やがて言った。

「古い……古い知り合いに、とても可哀想な女の子がいたんです。名前はリホ。両親が、特に父親が酷《ひど》い人で、リホちゃんはずっと苦しめられていました」

わたしは黙っていた。

「今まで何度か鈴菜さんと会って、話して、その度に可哀想なリホちゃんのことを思い出しました。今日ここへ来て、確信に変わったんです。二人の境遇は少しも似ていませんが、鈴菜さんもきっと可哀想な子だ、と」

「そうですか……」

分かったような分からないような話だった。所々はぐらかされているような気もした。でも、肝心なところはきっと事実だ。本音だ。根拠は何もないけれど、そう思った。

黙っているわたしを見て、彼女は優しい微笑を浮かべた。

「お年玉は、元々お餅だったそうですよ」

「え？」

「お正月に神様に供えたお餅を丸めて、家族全員に分け与える。これがお年玉の始まりだそうです。家族が最小単位であるこの国でただ一つ、個人所有が認められたもの、それがお年玉だった。何故ならお餅は個人の魂そのものと言える、神聖な食べ物だから。お年玉の〝玉〟は魂のタマです」

「は、はあ」

「胡散臭《うさんくさ》いですか？　これは偉い学者さんの有名な説ですよ。同じ理屈で、おにぎりがおおよそ三角なのは、心臓の形に似せているからだとか」

「…………」

「ごめんなさいね。回りくどくて」

辻村さんは詫《わ》びの言葉を口にすると、

「鈴菜さんは鈴菜さんの人生を生きてください。羽仁先生の娘ではなく、この教室のアシスタントでもない、あなた自身の人生を」

「……はい」

わたしは答えた。

ふと浮かんだ疑問を、そのまま投げかける。

「そのリホちゃんは今、どうなってるんですか」

「いません」

辻村さんは答えた。「可哀想なリホちゃんはもういない。今は大好きな家族と、幸せに暮らしています」

「よかった」

わたしは本心から言った。

外はすっかり暗くなっていた。

門の前にやって来たタクシーのトランクに、二人でキャリーケースを入れる。後部シートに乗り込もうとした彼女に、わたしはもう一度声を掛ける。

今しかなかった。もう二度と会えない気がした。

「ごめんなさい何度も。あの、わたし、わたしは、父を――」

「いいんです。本当は特に真相を知りたいわけではないので」

辻村さんはきっぱりと言った。

「羽仁孝夫先生は鈴菜さんに殺されたんじゃない。例えばあの黒いオバケ——すみせごに掠《さら》われて食べられた。それでいいんです。わたしにとっては」

「辻村さん……」

「さようなら」

彼女は寂しげに微笑みながら、後部シートに滑り込んだ。バタンと大きな音を立てて、ドアがひとりでに閉まった。

タクシーが見えなくなって、わたしは教室に戻った。

庭の臼《うす》と杵《きね》を片付けようとして、異変に気付く。心臓がバクバクと音を立て、胃の中身がせり上がる。

餅米《もちごめ》が真っ黒になっていた。

半分溶けかかり、粘り気の強い泡と、煙が立っている。凄《すさ》まじい腐敗臭に嘔吐《えず》きながら、わたしは教室へ戻った。そこで気付いて、台所に駆け込む。床にいくつも並べたピクルスの大瓶を退け、カーペットを捲《めく》る。

地下室のハッチを開け、懐中電灯を手に急な階段を下りる。

一週間前から、父さんを監禁している地下室だった。

それまで貯蔵していた食材や保存食は全て外に出し、父さん以外の何もない、三畳の空間。父さんはそこで手足を縛られ、口を塞《ふさ》がれ、横たわっている。抵抗することもできず、声も出せず。涙目でわたしを見るだけ。少なくとも今朝まではそうだった。

苦しめばいいと思った。許しを乞《こ》えば出してやってもいいと思っていた。けれど――訳の分からない胸騒ぎを感じながら、わたしは階段の途中で懐中電灯を点《つ》け、地下室の床に向けた。

真っ赤だった。

床も、壁も、血で濡《ぬ》れていた。

父さんの残骸《ざんがい》があちこちに散らばっている。手と、足と、内臓が見える。

その真ん中に、黒いものが立っていた。

酷く痩《や》せている、棒のようなものが。

裸足《はだし》だった。足しか見えない。脛《すね》までしか。

とても背が高い。

ということは、つまり――

吐き気と悪寒に震えながら、わたしは懐中電灯を下ではなく、前に向けた。向けてしまった。

虚《うつ》ろな二つの目があった。鼻先でわたしを見ていた。

目しかないのに、笑ったのが分かった。

悲鳴を上げたのと同時に。

背後で地下室のハッチが、バタンと閉まった。

初出

たなわれしょうき　「怪と幽」vol.007
戸栗魅姫の仕事　「怪と幽」vol.006
火曜夕方の客　「怪と幽」vol.008
くろがねのわざ　「怪と幽」vol.013
とこよだけ　「怪と幽」vol.014
すみせごの贄《にえ》　「怪と幽」vol.015

すみせごの贄《にえ》

澤村伊智《さわむらいち》

角川ホラー文庫　24102

令和6年3月25日　初版発行

発行者——山下直久
発　行——株式会社KADOKAWA
〒102-8177　東京都千代田区富士見2-13-3
電話 0570-002-301（ナビダイヤル）
印刷所——株式会社暁印刷
製本所——本間製本株式会社
装幀者——田島照久

●お問い合わせ
https://www.kadokawa.co.jp/（「お問い合わせ」へお進みください）
※内容によっては、お答えできない場合があります。
※サポートは日本国内のみとさせていただきます。
※Japanese text only

ISBN978-4-04-113863-2　C0193

角川文庫発刊に際して

角川源義

第二次世界大戦の敗北は、軍事力の敗北であった以上に、私たちの若い文化力の敗退であった。私たちの文化が戦争に対して如何に無力であり、単なるあだ花に過ぎなかったかを、私たちは身を以て体験し痛感した。西洋近代文化の摂取にとって、明治以後八十年の歳月は決して短かすぎたとは言えない。にもかかわらず、近代文化の伝統を確立し、自由な批判と柔軟な良識に富む文化層として自らを形成することに私たちは失敗して来た。そしてこれは、各層への文化の普及滲透を任務とする出版人の責任でもあった。

一九四五年以来、私たちは再び振出しに戻り、第一歩から踏み出すことを余儀なくされた。これは大きな不幸ではあるが、反面、これまでの混沌・未熟・歪曲の中にあった我が国の文化に秩序と確たる基礎を齎らすためには絶好の機会でもある。角川書店は、このような祖国の文化的危機にあたり、微力をも顧みず再建の礎石たるべき抱負と決意とをもって出発したが、ここに創立以来の念願を果すべく角川文庫を発刊する。これまで刊行されたあらゆる全集叢書文庫類の長所と短所とを検討し、古今東西の不朽の典籍を、良心的編集のもとに、廉価に、そして書架にふさわしい美本として、多くのひとびとに提供しようとする。しかし私たちは徒らに百科全書的な知識のジレッタントを作ることを目的とせず、あくまで祖国の文化に秩序と再建への道を示し、この文庫を角川書店の栄ある事業として、今後永久に継続発展せしめ、学芸と教養との殿堂として大成せんことを期したい。多くの読書子の愛情ある忠言と支持とによって、この希望と抱負とを完遂せしめられんことを願う。

一九四九年五月三日

ファミリーランド

澤村伊智

澤村伊智の描く家族が、一番こわい。

タブレット端末を駆使して、家庭に浸食してくる姑との確執。黒髪黒目の「無計画出産児」であるがゆえに、世間から哀れみを受ける子供の幸福。次世代型婚活サイトでビジネス婚をしたカップルが陥った罠。技術革新によって生み出された、介護における新たな格差。嫁いびり、ネグレクト、晩婚、毒親、介護など、テクノロジーが発達した未来であっても、家族をとりまく問題は変わらない。ホラー界の旗手が描く、新時代家族小説。

角川ホラー文庫

ISBN 978-4-04-112451-2

ISBN 978-4-04-111312-7

やまのめの六人

原浩

六人の仲間に潜む「アレ」の正体を暴き出せ――。

嵐の日、土砂崩れに巻き込まれて車が横転、仲間の１人が死んだ。生き残った５人は近くに住む金崎家の屋敷に招かれるが、おんめんさまという道祖神を信仰する金崎一家に、簒奪者《さんだつしゃ》と罵られ命を狙われる。屋敷からの脱出を目指す中、ふと１人が呟いた。「俺たちは今、何人だ？」車は５人乗りで、死んだ男も含めた彼らは５人組のはずだった。増えたのは人か、あるいは化け物か――。疾走する一気読み必至のクライムミステリホラー！

角川ホラー文庫

ISBN 978-4-04-114402-2

日本ホラー小説大賞《短編賞》集成1

小林泰三　沙藤一樹　朱川湊人　森山東　あせごのまん

これを読まなきゃホラーは語れない!

1994年から2011年まで日本ホラー小説大賞に設けられていた《短編賞》部門。賞の30周年を記念し、集成として名作が復活！　玩具修理者は壊れた人形も、死んだ猫も直してくれる——。小林泰三の色褪せないデビュー作「玩具修理者」。「10年に１人の才能」と絶賛された沙藤一樹が描く、ゴミだらけの橋で見つかった１本のテープの物語「D—ブリッジ・テープ」など計５編を収録。《大賞》とは異なる魅力があふれた究極のホラー短編集！

角川ホラー文庫

ISBN 978-4-04-114382-7

日本ホラー小説大賞《短編賞》集成2

吉岡 暁　曽根圭介　田辺青蛙　雀野日名子　朱雀門 出　国広正人

《大賞》では測れない規格外の怖さが集結

日本ホラー小説大賞、角川ホラー文庫の歴史を彩る名作たちがまとめて読める！　町会館で見つけた、地域の怪異が記録された古本を手にしたら——。異色の怪談、朱雀門出の「寅淡語怪録」。その発想力を選考委員が絶賛した、「穴」に入らずにはいられない男のシュールすぎる1作、国広正人「穴らしきものに入る」など計6編。当時の選評からの一言も引用収録。決して他では味わえない、奇想天外な短編ホラーの世界へようこそ。

角川ホラー文庫

ISBN 978-4-04-114383-4